歐陽靖
Gin Oy

The All-Devouring Street

吃人的街

目錄

南角大廈（上）

新曆二十一年六月七日・下午一點十五分・東十三區南角大廈

東十三區，南角大廈。一百四十九樓擺放著大量的舊衣回收箱。

所謂南角大廈，就是那棟在十二年前改建成廢棄物處理中心的巨大建築；也是這個城市中平面面積最大、最爲老舊的建物。傳統的內部管線配置因爲歷經戰亂跟氣候影響，變得不符合現代人基本住宿或商業往來所需。本來在二十年前的大型都市更新計畫中就應該被爆破拆除，但是大廈全區囊括腹地所在位置剛好近臨東南海港海潮交會口，相當適合裝置核能發電或鎔爐冷卻系統，我們睿智的中央政府便緊急下令將它改建成主要廢棄物處理場，才使這棟古蹟得以倖然保存。

總共二百九十七層不算高的大樓中包含了一號焚化爐、第三核化廠及人造石油煉造廠，地處邊陲的東十三區就算是發生爆炸也影響不了中央行政區的運作，由此可見它在某種程度算得上是可拋棄式的功能性建設。

一百四十九樓平常是被鎖上的，就是爲了防止居住在附近的窮人跟遊民來偷拿回收物。法律明文規定所有廢棄物都是屬於只有政府可以經手處理的公有物，如果一般老百姓自行銷毀、轉賣或盜竊都是犯罪行爲。

我所住的地方也是東十三區，就在離南角大廈不遠處的二百二十層低矮國民住宅。沒有中央空調的頂樓違章夾層，只要吹東南風的日子，都會聞到來自南角大廈廢棄物的惡臭。據說早年居民們產下的新生兒，有些甚至還沒滿足月就被臭氣給熏致猝死。當然大多數人民並不在意，還善用地利之便做起廚餘中繼站的生意，也就是跟政府清潔員搶收中央區廚餘、餿水，再用不錯的價格轉賣給位於東十一區的魚產養殖業者。而整個十三區瀰漫的氣味就是最佳掩護，畢竟沒有警察會空閒到挨家挨戶釐清異臭的起始源頭，是否真的只是垃圾造成。

我並不是從小就住在這邊，嚴格來說是去年才搬過來，從監獄搬過來。監獄的環境品質比這邊還好很多，有得吃有得睡，唯一臭味只有牢友的日常排泄物，或是毒癮發作的嘔吐物，不像這裡幾乎二十四小時都是無法呼吸的狀態。

當我知道離開監獄後可能會住到這棟國宅時，就在牢內靠特殊關係跟某人買了防毒面具，本來是回到家中睡覺或休息時才需要裝備，卻在最近不知不覺養成隨時戴著防毒面具的習慣。

要是當初沒有用半管嗎啡跟那個牧師交換防毒面具的話，現在應該早就死了，連舌頭都會吐出來。

下午一點十五分，南角大廈一百四十九樓會有大量剛在中央區收得的舊衣物堆放進來，我跟隔壁鄰居家剛滿十二歲的小女孩決定去偷點體面的衣服。

我戴著防毒面具與她從國宅第二百一十三層東側直接連結南角大廈二百一十三樓西側的管狀短天橋走過去，這時由天橋內的透明頂棚仰望，可以看見還算寬廣的天空跟白雲，如果是在中央區內的話，三百樓以下的天橋都是看不到天空的，頂多只能窺見數條天藍色的細長直線。

中央區的高樓動輒六、七百層以上，大廈跟大廈之間的距離又都密集得五公尺不到，所以白天跟夜晚的差別對於處在較低樓層的人來說，就是一個抬頭可以看見天藍色的直線、一個不行，如此而已。

「我們進去南角大廈後要怎麼搭電梯下樓？那邊好像到第一百四十九層的電梯要有鑰匙才會開門，你要怎麼進去？而且我一點都不怕臭不奇怪嗎？那裡所有工作人員都戴著防毒面具……我沒有防毒面具……」小妹妹像在乞討什麼一般抬頭望向我，極大的雙眼隨著緊張感飄忽泛濕。

「就算妳再擔心我也沒辦法把我的面具給妳，我的嗅覺能力還是正常的，再來，我並沒有要直接搭電梯到一百四十九樓，我要坐貨梯到一樓，然後從一樓搭到一百四十九樓的直達電梯。」

她聽完我的回答立刻停下腳步露出極度驚訝而愚癡的表情，連上下嘴角都合不攏。

這是可想而知的反應，大部分老百姓一輩子都不曾到過任何地方的一樓，也就是「地面」。他們對「地面」的狀態因為不甚了解而恐懼，而且到了地面就再也沒有回去的案例比比皆是，要說那邊有食人怪物或連結黑洞的奇異點存在他們也會相信，這就是現在一般民眾對於地面現實狀態的最大認知範圍。

上個世紀已開發國家知識分子暗自期待著國際政局混亂和能源危機引發第三次世界大

戰，所以紛紛組成環保團體、人權團體恐嚇著開發中國家的人民。如果世界運轉就眞的如同他們所預言的變壞，這些人也可以長嘆一聲而自豪地說：「人民爲何不聽我們的建議？」可惜過了一百多年地球居然好得很。陸地面積減少導致摩天大樓建設興起，人類的空間移動概念從平面轉變爲立體直線，然後世世代代離地面越來越遠。

到最後在這個祥和且政局穩定的社會中，科學家拚命發展火星觀光計畫，向外探索第二個銀河與機率不到千分之零點一的外星生物蹤跡，地面轉變爲被淡忘而遺棄的深闇海溝，只有從事黑市交易的不法分子才會巧妙利用這三不管地帶。有趣的是，低俗、善妄想的平民老百姓和科學家對於酷寒神祕的地面可是一點興趣都沒有，就算他們此生都未曾見過地面街道的樣子，也沒人會產生好奇心。人類已經有數千年文化歷史都在地面寫成，現在小學生也可以用幾個簡單的物理現象名詞把地面處境輕蔑地帶過，又危險又無趣的領域當然不會有人碰觸，理智與恐懼愈趨肥皀劇化，眞實與感悟便逐漸擴散消失。

人只要對不了解的事物恐懼，都會露出相當愚癡的表情，看起來很有趣。

「南角大廈的一百四十九樓跟地面有直達電梯是爲了要丟棄完全無法再利用的垃圾，每天下午四點半會有幾個工作人員把一些醫療廢棄物拿去地面堆放整理，然後在五點半之前完成工作回到樓上，等到天黑時地面就會自然消毒。所以在其他時間內一樓到一百四十九樓的直達電梯不會有任何人使用。」

就算是每天進出地面的少數垃圾清潔員也不可能離開南角大廈底座方圓十公尺之內，因爲一旦迷路，天黑時就會被環境自然消毒而消失。

「我們頂多會遇到一樣知道這個方法的人，不過我大概都認識。」我在面具之下露出充滿自信的微笑。

抬頭仰望天橋透明頂棚，看見光亮的線狀天空使我更確定挑在這個大中午行動絕對是萬無一失，以往難以記數的經驗也都是這樣行竊成功。小妹妹過度緊張的情緒令氣氛顯得些微不自在，可喜可賀的是這種壓力從不在我的認知範圍內。

走過天橋進入南角大廈並沒有任何警衛或是保全系統封鎖，放眼望去盡是相當寬廣的光明大廳，很多剛吃完午餐的清潔員收拾完善正準備回到工作崗位，仿大理石材質地面被員工綁在鞋外的防塵布套擦得發亮。雖然這層是已做好異味防治系統的辦公中心，但準備上班的員工都已經預先佩戴好防毒面具，匆匆忙忙地往同個方向快步走去，所以二百一十三樓大廳此刻是處於某種程度上混亂的狀態，像尖峰時刻的中央車站。

小妹妹緊跟在我身後顯露出相當慌張的神情，我順手推了她一下提醒她要跟我保持適當距離；要不是這邊大部分人都戴著面具，我和她身上所自然散發的濃膩惡臭一定會令人起疑。我們居住的那棟國宅當初只是因爲地理位置之便，而造成盜賣廚餘的非法行業興盛，現在那邊卻已經比南角大廈臭得多了，還生出一大堆像她一樣喪失嗅覺能力的後代居民。

從天橋口進去後靠左直走就會到搭乘一般電梯的地方，所有員工也都是往那個方向群體移動，視線延續到底可以看見一整排二十幾台紅色外露鋼筋的高速載重電梯，最左邊以單邊拉門式開啓的那一部就是低速貨梯，可以乘載足足十噸重。各電梯口分派了很多警衛在幫忙指揮維持秩序，員工也依序排隊搭上；大家在愉悅地相互交談之下並沒有發生任何推擠衝突狀況，這情景規律到像是一群不知自己即將坐上進入戰場前線列車的新兵，人人都愚笨和諧地天眞嬉笑。

要搭乘那台貨梯的隊伍中有三、四個穿著全套銀色病毒防護衣的男性，他們就是要去各樓層收集醫療廢棄物並在傍晚拿去地面處理的人員，也就是那些沒有膽子離開大廈方圓十公尺地面的專業清潔工。

「除了像一百四十九樓那些有被特別保護的樓層需要鑰匙才能進去之外，貨梯可以到達所有樓層，包括一樓，所以對於他們這些必須在每個樓層之間移動的人來說，搭貨梯比較方便。」我爽朗的用教學式語調解釋著基本常識。

「雖然說貨梯可以到達地面，但那只是四十年前爲了緊急狀況需求所做的機制，現在大樓被增高，蓋了新電梯之後就沒有任何作用了，反而一樓到一百四十九樓的超高速直達電梯是這幾年最新裝設好的一個。」

一般非住家的機能性大樓在一百四十層以下都是機房跟空調系統控制中心，還有超高大樓獨有的升降潛地設備，南角大廈雖然沒有升降設備，卻有大量排放汙水的管線。其他新建高速電梯都是在一百四十樓到二百九十七樓之間升降，而這台大型貨梯能到達一百四十層以下樓層的過時功能形同虛設。

我回頭審視隊伍中渾身冒冷汗的小女孩，還用力掐了一下她的手臂提醒她注意自己的樣子不要令旁人起疑，她沒有吭聲，只是瞇著眼喃喃自語。

「我爸爸跟哥哥就是死在地面的……小時候收討高利貸的人來我家把哥哥抓去地面，爸爸追問他們把哥哥放哪裡去了……他們說『在中央區跟南區交界的某條街，你可以自己去找。』然後就離開了。爸爸當然不知道那條街在哪裡，只知道到了地面要往中央區的方向，也就是往西走，然後爸爸就再也沒有回來了。後來別人才跟我說，只要在地面迷路就會死掉。」

她並沒有因爲提到此事而掉淚，看來已經過了很久。

她的父親應該還是死在東區的範圍內，那些追討高利貸的很有一套，至少是大略熟悉地面街道的人才會說出她哥哥在中央區跟南區交界處的謊言，這擺明了要他父親往西邊走，指南針在地面又偏偏失靈無效。邏輯上天黑前根本無法徒步到達中央區，而廣大的中央區地面只有不到五個可以通往大廈內的入口，所以就算眞走到了，天一黑還是會死，通常不是如我這般極度熟悉地面環境的人也一定會迷失方向。她哥哥八成是在樓下就被槍殺然後丟進反方向的東南邊角區域……

關於這幾點我沒有義務跟她說明，我也沒有對用力掐她手臂這件事感到愧疚，雖然她白嫩的皮膚上已經浮現出幾處淡淡黑青色的微血管破裂痕跡。

地面在管理權方面就等同於公海，並不屬於任何一個國家、組織或聯邦政府，也就是說如果有任何國籍的人消失在地面就只能被當成人間蒸發，先被登記成失蹤人口，過了七年再改登記成死亡人口。

我們隨即順著人潮搭上貨梯，那幾位穿著銀色病毒防護衣的清潔人員也剛好在這班電梯內。因爲同樣戴著防毒面具使他們無法辨認我是哪個單位的員工，如果光從外型組合來看最符合邏輯的判斷應該是一名父親以及來探班的女兒，對於社會福利良好的國家機構公務員來說，有家人親屬隨行探班並無任何可疑的地方。

「好可愛的少女啊……她沒有裝備不要緊嗎？需不需要去警衛室拿一個給她？」

「不用了，我等一下去機房時會順便幫她拿。來……怎麼沒有說叔叔好？」

其中一位親切的清潔員向我們主動攀談，或許如同小妹妹事前所擔心的一樣，沒戴防毒面具的確會引起側目，但這些清潔員的基本警覺性跟智商都遠不及需要我們操心的標準值，他們每個月固定領取國家薪水，做毫無變化的事，久而久之腦袋就變遲緩了。

我轉過頭去瞪了小妹妹一眼，她望著我發愣好一會兒後才急忙彎下腰。

「叔……叔叔好……」

當下整部電梯的笨蛋都沒發覺我並沒有去按要到達樓層的按鈕。

老舊的低速電梯從二百一十三樓降到一百四十樓需要十幾分鐘，我跟那位熱情親切的清潔員又找話題閒聊了一會兒，內容包括小女孩念哪個學校、幾歲、東區哪裡有好吃的餐廳、支持哪個政黨……，終於到了一百五十七樓，熱情的先生跟其他穿著病毒防護衣的人都陸續下了電梯，我才驚異於自己優秀的撒謊功力。

整部電梯除了我們，最後一個離開的人是在一百四十五樓。

「你們不出來嗎？」他狐疑地回頭看了一下，但是並不像覺察到任何異樣。

「我要去機房，要到一百四十二樓。」我在防毒面具後展露親切可掬的面容，隨即伸手按下到達一樓的按鈕。

電梯門迅速關上，這寬大的半密閉空間就在此時顯得更加空蕩。

貨梯持續邊震動邊緩慢下降，搖晃時還不斷發出老舊鏈條摩擦的尖銳噪音，原本應該刺耳的感悟卻因爲有著一定的規律而顯得平靜。

我背靠壁面坐了下來，拿出預先放在外套口袋裡的香菸跟打火機卻沒有點燃。抬頭一望才發現小妹妹似乎正因爲過度緊張還僵硬地呆立著，從這個角度可以清楚看見穿著短裙的她從股間流出的清澈汗水，在一片靜謐中順著左大腿內側慢慢滑過膝蓋後凹滴落到腳踝。

事實上我在這一刻突然很想抓住她的腳踝。

「妳爲什麼想要跟我來偷衣服？」我問她。

「我想去中央六區的酒店應徵，所以需要打扮漂亮一點。」

「光打扮漂亮沒有用吧？妳應該知道自己身上有多臭。」

「我會想辦法把臭味弄掉的。」她看起來很悲傷。

我沉靜了一下，然後抓住她的腳踝，她被這突如其來的舉動嚇到大叫一聲還重重跌坐下來。等她坐穩之後我才放開手，把防毒面具順勢向上拉掉，然後點燃一根菸抽著。

「到地面還要很久，妳可以坐一下。」

「這是我第一次看到阿樂哥的長相，因為你隨時都戴著防毒面具……原來好年輕。」

「妳有月經了嗎？」我繼續問她。

「嗯……有了，所以才會想說可以去酒店上班。」她低頭回答後，我們靜默了幾分鐘。

這電梯的速度實在太慢，連下降時基本上會出現的浮空感都絲毫感受不到，甚至還因為凸起組件相撞而產生嚴重的左右搖晃現象；如果電梯在滿載的情況下應該不會如此明顯，但此刻這巨大機械內部只有兩個相加起來不到一百公斤重的人，要說電梯隨時會脫離鎖鏈墜樓也不奇怪。我看見她稚氣的臉龐帶著慌張感跟與之相依相存的絕望，可喜可賀的是那種情緒依然從不在我的認知範圍內。

於是我又抽了一口菸。

「這次拿到衣服後好好裝扮一下，去中央六區跟路上的流氓打聽叫『島深』的人，那人很好找，幾乎所有黑道都認識。找到他之後就說妳是阿樂介紹來的，他會幫妳安排工作跟住宿的地方。記得不要說妳才十二歲，不然沒有酒店敢收妳。」

「謝謝……」

她依然低著頭，說完後我們又靜默了很久。

「阿樂哥你又是為什麼來偷衣服呢？是想拿去變賣嗎？」

「不是，我剛好缺一套黑色西裝，還有白襯衫……如果有淺灰色直條紋會更好。」

我流露出充滿自信的微笑。

＊

這個國家很小，北區、中央區、東區，南區邊境到彌生大陸上半部就結束了，整個西區則是共產黨和平政權統治的狀態，並不屬於聯邦政府管轄範圍內。面積有六千八百平方公里的東區平原絕大部分緊鄰海洋，在一百年前尚未發展出完善的海水生物養殖技術前，東區是近海漁業相當繁盛的區域，所以那女孩的古早先祖也應該是曾經享盡榮華富貴的漁夫。但就在近八十年動輒五、六百層以上的摩天大廈興盛引起強烈旋風效應後，通天高的海嘯不斷強襲陸地造成國家建設嚴重損失，聯合國才緊急下令把整個大陸用五千英尺高牆圍繞，阻擋海陸氣流交互影響，只留下東十三區汙水排放跟降溫系統進水口。從此以後全東區的漁業徹底荒廢，也成為中下階級平民居住的低等住宅區。含升降系統的六百層以上摩天大廈只佔了全建物三分之一的比例，其餘三分之二都只有五百層，甚至三百層以下，可以通往地面的出入口除了南角大廈外，還有另外二十三處。

前人應該無法理解關於立體直線狀的空間移動概念這種東西，居然在今天會成爲常態且理所當然的距離觀念。如果一個居住在中央五區某大廈五百八十樓的小學生要上學，他的學校可能就在同一棟大樓的第七百樓；而現在我要從我的住家，也就是國宅第二百二十樓到達地面，則必須先往下到國宅二百一十三樓走過天橋至南角大廈，再從南角大廈才能連通地面，這邏輯也可以說是一種近似階梯型的直線移動。

我站起身把菸蒂丟在地上踩熄，也習慣性地把目前並無任何作用的防毒面具戴好，此時電梯門頂端的指示燈顯示現在已經到達第十樓，接著就以七秒爲間隔慢慢往下倒數。

心肺功能不好的人通常無法適應一百層樓以下的氣壓及溫度，但對於一天有八小時處在地面的我來說卻是相當舒適，甚至比待在大樓內還來得輕鬆許多。

又過了幾秒鐘，電梯門就在無預警下發出「叮！」的一聲巨響後，伴隨著鋼板鏽屑被刮除的聲音開啓。回頭看才發現小妹妹不知道在什麼時候也已經站起，望著門外的景色把雙眼睜得極大，甚至伸出微微顫抖的手臂指向前方，就像預見逐漸朝自己而來的怪物一樣震驚。門外什麼都沒有，貨梯裡的日光燈照出外面除了單純地黑暗，也只有正面橫向的平坦小路及五公尺前大樓底座形成的無盡灰色高牆。

鎖鏈停止運作後更是一片寂靜，要集中注意力才能依稀聽見遠方氣流在各大樓直角高速擦撞所造成的微弱風切聲。

「現在不是白天嗎？爲什麼看起來像晚上一樣？……」她顫抖的問句比風切聲還微弱。

倘若「地平線」所指的是地面與天空的分隔線，更準確的說法是將人們所能看到方向分開爲兩個分類的橫線：一個與地面相交，另一個則不會；那我們現在所站立的地方、海拔高度爲零的地表，在此時此刻將超脫邏輯內的相對位置成爲負數千公尺的深闇海溝。地面除了極細窄的街道外就是佔滿摩天大樓的底座外牆，跟處於峽谷裂縫底部的狀態差不多。所有光照都被遮蔽住，就算日正中午抬頭也只能看見天空形成金色或白色的細線，有點像粗棉線，四周還有毛毛的光絲暈散開來，十字路口的天空則是十字形或網格形的，這就是深谷中僅所能見的最大陽光範圍。

天空遠在神之領域，越在地面多待一刻就越會有誤以爲失足落入深淵的恐懼感。

「妳抬頭看看天空，長成這個樣子的天空應該除了地面之外也沒別的地方可以看到。」

「好像在作夢一樣。」

「那不是很好嗎？需要我導覽觀光嗎？」

「不……是好冰冷的噩夢，一點生命都沒有。」

現在時間大約是下午兩點鐘，夏季地面溫度平均起來卻不到十度，這是因爲所有輻射熱都被陰影隔絕了。

強化建材構成的無盡迷宮對情緒緊繃的人而言只有冰冷可言，事實上我現在卻可以清楚聆聽到一棟棟大廈在水泥厚牆之下機械心臟運轉跳動的頻率，那是一種極度規律的鼓動，或許是跳脫造物者定律之外，專屬於無機體的生命形式。

我拿出預先準備好的高亮度氙氣燈手電筒，順手拉著她走出電梯向右前進，沒幾步距離後又看到一個往左的岔路轉角，我用光線指了指左前方的高牆。

「這棟就是我們住的發臭國宅底座，正中午的話抬頭可以看見它的頂端，畢竟它是東十三區最矮的建築物，妳現在看天空被某種遮蔽物切斷，那就是二百一十三樓的天橋。」

「這就是置身在地面的感覺嗎？……」

「是啊，兄長跟父親是死在這麼和平的地方妳應該高興才對。」

「他們是怎麼死的呢？……」

她果然高興不起來。

「被凍死的。日落之後氣溫就會開始快速往下降，晚上會降到零下二、三十度甚至更低，等到深夜會有上升氣流造成的強烈旋風把地面所有的東西都吹散，他們的屍體也就這樣消失了，這就是地面每天都會自然進行的『消毒』。」我用爽朗的語調向她解釋，算是導覽觀光的服務項目。

「阿樂哥……你為什麼這麼熟悉地面的事？」

「因為我是在地面賣早餐的。」

接下來我只是用力拖拉著她的手繼續往前走，其實多少都有享受到被稱讚過後的滿足。

任何第一次到地面的人都會被天空奇異的姿態吸引而駐足不前，但若是獨自處在地面一段時間，就會對黑暗、低溫跟無盡的封閉感產生恐懼，加上傍晚高處氣流擦撞牆面造成的詭異風切聲更會令人慌亂，到最後在不斷直角轉彎的迷宮中失去判斷方向的基本能力，地面縱橫街道頓時成爲無盡迴圈，然後，還沒找到出口太陽就下山了。

我第一次到地面時也確信自己會死，況且那時就是因爲想自殺才會來到地面。

大樓氣密窗至少要到一百四十層樓以上才會出現，玻璃窗面都貼滿了阻隔輻射的防窺膜，在地面也不可能看見任何燈光，要是不清楚了解這一點的話，眞的會誤以爲置身某種無間地獄。

「我們好像走了很久。」

「才兩分鐘。」

我無意義地停下腳步並把聚光手電筒照向她的臉，小妹妹因爲受不了光線刺激而緊閉上雙眼；卻沒有做出任何反抗或表達不悅的舉動。在微弱光線下仔細審視這精緻的輪廓，才發覺她側額髮際線有些許晶瑩汗珠滲出，順著柔細的鬢角滴下，事實上在這一刻我很想舔舐她的臉頰。

「妳不要這麼怕我。」

「我不怕阿樂哥，至少現在我知道阿樂哥在面具下有張爽朗的五官。」

「妳本來以爲我沒有五官嗎？」

「不，不是……現在這個什麼都看不見的環境下，阿樂哥牽著我讓我覺得安心。」

這女孩某方面讓我想起一個女人，但是她比那女人聰明多了，她的乖順是帶有韌性的，而且她不輕易因不好笑的笑話而發笑。

「前面右轉就是直達一百四十九樓的電梯，妳是想跟我上去拿完衣服就回家，還是繼續留在地面找你父親的蹤跡？如果留在地面的話，妳大概還有四個多小時可以活命，或著先遇上剛剛電梯裡的那些清潔員向他們求救，然後妳就會被帶去派出所詢問爲何會在地面跟做筆錄。」

「我要上去拿了衣服就回家，而且再也不會來地面了。」

「很好。」

小小的超高速直達電梯前有一盞照明燈泡，我拉下旁邊緊急升降用的通電拉閥，這樣就連輸入密碼叫下電梯的手續都省了。等了十秒鐘電梯門開啓，我們兩個一同走進去、關上門，到達一百四十九樓只要七秒鐘，而且不會造成耳鳴。

在這七秒內，我還是沒有摘下面具去舔舐她的臉頰。

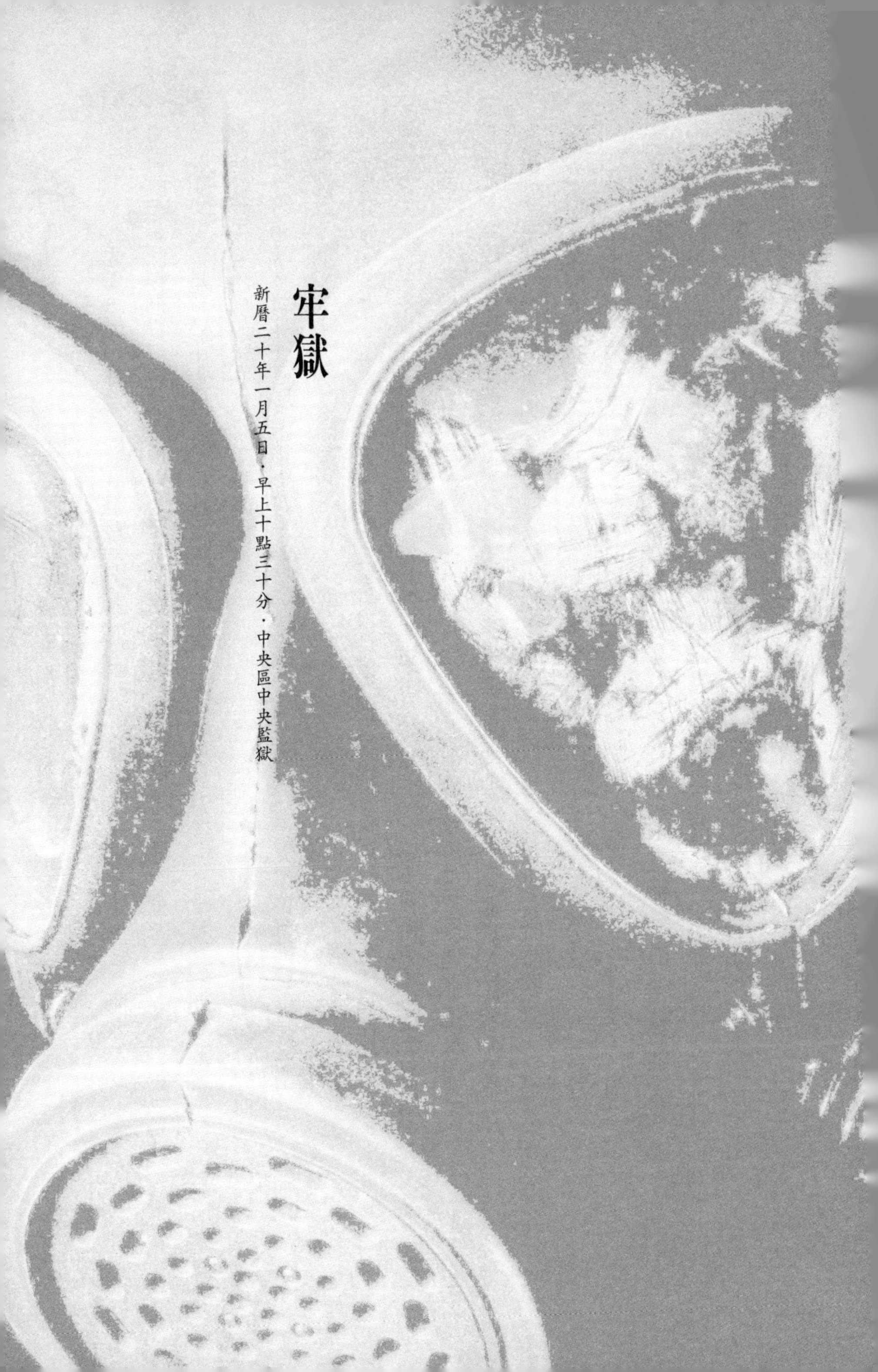

牢獄

新曆二十年一月五日・早上十點三十分・中央區中央監獄

二十七歲那年的一月五日早上十點半，我因爲殺人及非法持有槍械罪被警方押解入獄，自首雖然會減輕刑責但也還是被判上監禁一百二十年且終生褫奪公權的重刑。

中央監獄是位於中央區三連行政大樓旁的六百七十層超高大樓，一般來說監獄不應該規劃在行政中心所處的精華地段，但是因爲中央區之外的舊大樓建物當初都是以住宅爲目的而建設，有相當多對外通路及聯外管線，要是監獄真的設在那應該天天都會有逃獄事件發生，可能抓五十個犯人入獄隔天就發現三十人不見了。

數年前，我們睿智的政府花了大筆公帑用高機能防爆建材在這邊蓋了一棟獨棟摩天大廈，其中六百七十到五百五十層是綠化實踐區，也就是給犯人勞動服務種樹的地方，五百四十九到二百層是監獄跟收容所，一百九十九到一百四十一層是刑事警察大隊跟警察總局，一百四十樓以下則是完全密閉的機房、管線跟超高大樓升降潛地設備。整棟建築只有一百九十九樓跟一百四十一樓擁有和隔壁大廈連結的天橋設施，也完全沒有通往地面的出入口，在這樣的條件之下，自行逃獄成爲絕不可能成功的天方夜譚。

我的號碼是一〇四八三，被分配到位於三百四十樓一間原本只能收容三人卻擠了七人的牢房。這環境跟我十八歲坐牢那時的南區舊監獄比較起來實在是天差地遠，雖然一樣有空間不足只好超量收容的問題，但不論是地板的防潮設施、棉被的材質，甚至對犯人的人道待遇都好上許多。以往罪犯只能蓋著硬梆梆的尼龍布躺在濕石子地上，熟睡時還會不時聽到有人被獄卒拔斷指甲的慘叫聲，但眞要強行逃獄也相對簡單多了。對於我這種黑道關係良好的重刑犯而言，進監獄最大的優待就是一定會享有一塊睡覺的空間，也會在不成文的規定之下成為牢房內所有受刑人的主導者。如果是因爲竊盜入獄的犯人十之八九會被當成小弟使喚，最可憐的莫過於唇紅齒白的年輕強姦犯，在這半名女性都沒有的處境下只好被強迫擔任其他犯人洩慾用的工具，肛門都會血流不止的看起來很像某種四格爆笑漫畫的橋段。

「你要好好規劃自己該做什麼，例如讀書就是一個不錯的選擇，就算是服刑期間也可以考大學。除此之外還可以畫畫、寫作、練書法。」剛關進去的第一天輔導老師就這樣對我開釋，畢竟對於終生監禁的犯人來說，就算因爲表現優良獲得減刑也只能減少個二、三十年刑期，所以認眞規劃自己所剩下被侷限的人生非常重要。

「我高中畢業後本來要念聖尼爾大學理工科的，」

我一邊向輔導老師說明自己的過去，一邊露出爽朗的微笑。

「結果在入學前就因爲強盜罪被關了兩年。」

「聖尼爾大學！那可是第一學府啊！你的腦筋應該相當好，但是爲何屢屢在人生路上犯錯呢？是因爲家裡經濟狀況不好嗎？心裡有任何不愉快的事都可以跟老師說，老師會好好跟你聊……。」

我從小腦筋就很好，也沒有花過任何時間念書，我甚至在七歲時就可以自己發明一套跳脫文本外的數學試題解構法，利用代數跟反證化解所有複雜方程式。前中央政府情報單位對我的腦子很感興趣，有一次還派了兩個學者來幫我做邏輯智力測驗，測驗完成不到一個月，母親就收到由父親率領的軍方想把我接去做特別訓練的通知，但是兩個星期後舊政府因爲嚴重國防失誤被揭發而下台，開放且民主的新政府把代表極權專制的祕密情報單位廢除，我也才得以度過平凡的童年生活，安然地長大。

「我沒有任何不愉快的過去，當初會選擇這樣做也只是想試試看會發生什麼，」

一般老百姓總把犯罪等同於犯錯，輔導課的目的就在軟性逼供，只要你腦中的思維退化到低於輔導你的人，就算成功。

「我跟兩個從小拜把的好朋友想用假槍搶劫，就去玩具城花三百多元買了幾把硬質塑膠做的玩具槍，還剛好趕上買二送一的優惠。那玩具槍長得跟眞槍一點都不像，連保險桿都沒有，槍管側邊甚至還有壓模後的突出痕跡……但是當時不管是民眾或員工，全都嚇到趴在地上動也不動！還有一個抱小孩來提款的年輕婦人哭到抽搐，居然把她才五個月大的嬰兒丟出窗外！」

輔導老師還沒等我說完話就皺起眉間兩塊肥滋滋的肉。

「一〇四八三，老師覺得你在很多道德觀念上還有待矯正，」他自顧自的搖了搖頭。

「這個世界不能因爲好玩就讓別人感到害怕。」

「老師，我決定重考大學，您可以借我課本嗎？大概翻個十分鐘就好。」

我試著轉移已經僵掉的話題。

「你要服刑滿兩年而且表現優異，我才能向上呈報，不是說想考就隨時可以考，老師過幾天再繼續跟你聊。」

入獄第一天的輔導課就在五分鐘之內草草結束。這輔導老師是一個形似同性戀的中年胖男子，穿著俗氣的蘇格蘭紋襯衫、灰色西裝褲，還戴著一副輕量化的鈦金屬眼鏡。後來得知獄卒都稱呼他爲林牧師，據說曾經成功輔導上千名受刑人出獄後步入正途。他是我此生所遇到不知第幾個自己先提出話題，但卻擅自結束話題的人。

人到了青春期總會想要尋找一些刺激，從循規蹈矩的現實世界游離出來的方式除了進入電子虛擬空間之外，就是超脫既定法律激發他人的恐懼，這種恐懼就像會形成一種類似右旋安非他命的物質注入加害者腦中，產生興奮、刺激跟幻覺，但事實上被壓迫者自生的恐懼只完全起於無知。世界上根本沒有眞正的初生之犢，人性就是會對不了解的事物產生害怕的心理，如果善用這個道理就可以獲得虛擬遊戲無法達到的感官刺激。血肉之軀流露的愚癡是人工智慧永遠無法完全模仿的，看到假槍而驚叫的扭曲顏面，是再好的喜劇演員都無法做到的臉部表情，我的犯罪只是爲了激發低俗老百姓的潛能。

牢房內有幾個比較有趣的角色，有因爲酒後打傷老婆入獄的阿龍，也有煙毒犯阿虎，當然這些名字都是我隨便替他們亂取的，這樣不但好記又好叫。阿龍是個纖細且長相斯文的年輕人，常常誇耀自己海外經商成功的事蹟，「那婊子居然敢把我兒子帶走！我出去後一定找她算帳……」是他繼事業輝煌的謊言外最常講的實話。骨瘦如柴的阿虎則是一整天縮在角落偷笑，沒有人知道他在笑什麼，但我總是會跟他一起笑，或是踢他肚子，但他還是會一直笑。

這些人的刑期都不滿一年，煙毒犯更是只要關一個多月，我卻要在這邊看著第二代阿虎、第三代阿龍……第八代阿虎的來來去去，甚至第一代阿龍、阿虎隔了幾年又再度回籠……想到這我才對於被判處無期徒刑稍稍感到落寞。雖然我是個極端開朗也極端孤僻的人，沒有人會比我這種個性更適合待在監獄，可笑的是膽大如我也有恐懼的東西，就是透徹了解宇宙萬物，成爲可悲的全知者。若眞要在中央監獄生活數十年，就一定會遭遇明白更多道理的窘境，腦顳葉海馬體重複堆疊雜亂的內容、記憶暫留之處都像是隨時會坍塌一樣岌岌可危。

我很認眞地在思考這些事。

第二天深夜阿虎在我身上嘔吐，當時我靠著鐵欄杆邊的牆腳蜷曲著身子將近熟睡，一片黑暗中依稀能聽見獄卒來查看牢房時橡膠鞋底跟石子地摩擦的聲音。在熄燈鈴響那刻阿虎還是沒有躺下，依然把臉緊貼著馬桶瞪大眼睛在笑，看起來就像不願意告訴任何人自己中了頭獎彩券一樣。不知道過了多久，我明顯感受到脖子有一股暖暖的液體順著左肩胛骨流落到地上，隨之而來的是濃烈撲鼻的酸臭味。

「什麼東西？這是什麼東西？」我觸摸到自己身上溫熱的糊狀物後不由得重複大叫。

突然之間牢房的日光燈全亮了，騷動中兩個粗壯的獄卒一邊用金屬棍棒敲打欄杆一邊從遠方急奔而來。

「一〇四八三！發生什麼事！」

我抬頭發現阿虎就站在正前方，嘴角一絲絲唾液還不斷往下滴，他依然笑得很開心，甚至把手舉起指向兩個欄杆外的獄卒大笑出聲，這景象頓時讓所有人都無法反應過來。我看著自己身上所散發惡臭的乳黃色液體，不由得也笑了出來，這種氣味有令人精神振奮的獨特魅力存在。

阿虎隨後被獄方人員架離，我也被抓去淋浴。

我對於他那種超脫理智外的極樂感到佩服不已，雖然這種情境我也常常體悟，但並無法像他投入得這麼透徹。第三天阿虎就沒有回來了，或許檢方人員一開始以爲他是因爲吸毒後遺症所引起的精神官能失調，直到現在才發現他根本是一個有毒癮的精神病患。

表面上這國家脫離戰亂很久了，基層民眾的犯罪行爲模式總是又低劣又可笑。我在幾天前殺了人，這當然不是我第一次殺人，我也不會爲任何生命的逝去感到惋惜。我拿了一把五四式自動手槍貫穿她的太陽穴，右腦勺伴隨著一聲巨響後噴濺出大量鮮血，灑滿家中平坦的灰白色牆面。她是一個漂亮的女人，就算斷了氣頭顱還是像個活泉水源頭，一瞬間地毯全都變成濕漉漉的。

她曾經對我說：「你對黑幫地面交易干涉太多。」我從來沒遇過暗殺前還先告訴別人原因的狀況，黑幫分子的腦筋好像都不是很好，所以我才一直不願意加入黑社會。我會跟那個女人結婚或許也是因爲她既美麗又愚笨，她無法單靠自己的力量對任何事情做判斷，所以同居一年多來都是由我下決定跟執行一切。

當我跟阿龍說「我殺了自己的妻子」時，他露出驚恐且不可思議的表情，卻還得裝做一副「我也早想那樣幹了」的樣子。

下午休息時間，典獄長來巡視牢房，他走到我身邊悄悄地說：「等下會有訪客來找你，你後天就可以出去了。」

入獄第三天，刑期突然從一百二十年變成五天了。

我隨後直接被獄卒帶往位於二百樓的訪談室，不到半坪大的空間從中間被一塊透明防爆壓克力板給區隔成兩半，各自擺放了一套公家機關常見的老鼠色鐵桌椅。

「島深……你終於來啦……我昨晚差一點被嘔吐物活活臭死。」

「嗯?爲什麼?不過以後更有得你臭了。」

坐在透明壓克力對面的是一個穿著深褐色直條紋西裝的高䠷男子，他端莊優雅地把雙手十指握合放在桌面，然後又改把雙臂交叉抱胸，看到他的姿勢讓我不禁想模仿才發覺自己因戴著手銬而無法動彈。這位男子是我認識十年以上的好友：雙胞胎島深兄弟的其中一個，他們兄弟倆在理亂堂幫內認眞工作也小有成就，雖然乍聽之下是出生入死的黑道組織，事實上不過是指揮小弟去要高利貸、做些毒品槍械交易、偶爾殺幾個不守規矩的人，幾乎跟公務員沒什麼兩樣的規律生活，但他始終是我的摯友，所以我不能瞧不起他的職業。

「我本來剛做好一輩子孤獨終老睡牢裡的心理準備，沒想到才關了三天，現在看到熟人居然會這麼高興……眞是丟臉啊……你是哪個島深？」

「我是哥哥，都十幾年了怎麼現在還分辨不出來？我不是來陪你聊天的，老大已經安排好把你弄出去，我們把你跟一個同天入獄的流浪漢判決資料對調，你變成發酒瘋把路人毆到雙眼淤青的大叔，再過兩天就可以被保釋出獄。」

原來我的刑期會從一百二十年變成五天是因爲某個發酒瘋的大叔。

「你們兄弟倆只要不說話，外表根本就一模一樣。」

「現在監聽人員已經搞定了，所以我直接跟你說明事情的嚴重性，一星期內正文組會派殺手進來把你幹掉，你殺了他們大哥的女兒當然不可能在牢裡安然度過天年。」

「沒必要勞煩你們幫主幫我脫罪吧？我不是你們幫內的人，跟理亂堂也沒什麼關係。」

「所有黑市交易都是在地面進行，只要熟悉街道狀況就可以安排得萬無一失，你身爲地面最傑出的情報販子卻過於偏袒我們幫派。只要你死了，兩幫就會公平競爭地面交易的權利，也因爲如此理亂堂才有保護你生命安全的必要。」島深哥說明事情的方式很像在播報晚間新聞。

「我不是什麼情報頭子，我只是在地面賣早餐的小販。」

每天上午九點，我會裝兩壺用大賣場即溶咖啡粉沖泡的美式咖啡在保溫瓶內，還會另外多做幾個三明治，用牛皮紙袋包著放在菜籃車裡帶去中央區地面販賣，營業時間到下午五點爲止，逾時不候。對於三明治我可是相當自豪，除了自製的雞蛋沙拉跟煙燻火腿外不會添加任何多餘的配料，煙燻火腿的祕方就是挑選一般超市有售的國產火腿腸自行重新燻製，如果沒經過這道手續吃起來會有濃濃的味精澀味。我的鋁製菜籃車上用細鐵線綁了一塊薄木板，寫著「早餐」兩個大字，還掛了幾個使用乾性電池的白光LED燈泡，不然在黑暗的地面很難被注意到。

「你是這個國家最清楚地面街道怎麼連結、通往哪裡的人，你卻拒賣情報給正文組，他們大哥才會派自己女兒來殺你，誰知道她居然被你把上拖了一年還沒執行任務……大概是她老爸下最後通牒，準備開槍，然後你就先把她幹掉了吧？」

島深說錯很多事情，但是我沒有興趣也沒有必要反駁回去。我一向不賣情報給任何人，但你若用高價跟我買早餐的話我會奉送情報，正文組的人來找我時三明治跟咖啡總是碰巧賣光。那女人也不是正文組大哥特地派她來暗殺我的，她只是因爲長期無法得到父親賞識才自告奮勇接下這份不討喜的工作，又或許她剛好有某種樂於被奴役的特質才會嫁給我。

伊月是她的名字，她總是幸福洋溢地清洗燻肉用的鐵架，甚至會把沒賣完的三明治當做晚餐吃掉。

數天前是個下大雪的日子，我一如往常在傍晚中央區的摩天大廈升起前回到家中。

「地面有積雪嗎？」

「大概只有積兩三公分的雪，不過非常冷就是了，三明治幾乎都沒賣掉。」

她走過來小心翼翼地幫我脫下羽絨大衣，然後把綁在我腰間的兩把手槍拆下輕放在進門就能看見的木製五斗櫃上。

因爲大廈底座都有加溫設施來維持升降系統運轉，所以降雪在落地前都溶化了，不過就算這樣跟她解釋她也不見得能聽得懂。

「我煮了你最喜歡的豬肉味噌湯，趕快趁熱吃吧……剩下的三明治我把它吃掉好了。」

「妳有什麼事情要跟我說嗎？妳的眼神透露出很怪異的感覺，好像有祕密一樣。」

「阿樂……眞的什麼事都瞞不住你。」

這是必然的，我的智商比她高了好幾倍。

「妳懷孕了嗎？」

「不，不是這樣的事。」

她幫我盛了一碗滿滿都是蔬菜的熱湯，自己卻在啃著跟冰塊一樣堅硬的三明治，我從來就沒有要虐待她的意思，但是她長期從這樣的生活模式中得到自許爲付出的偉大價值。

「今天我爸爸來找我。」

「要妳趕快殺了我嗎？」

「不，不單純是這樣……」她開始哭泣，眼淚就滴在白吐司上。

「爸爸說他對我很失望……整個幫派、整個家族都對我很失望。」

「我也對妳很失望啊……本來以爲妳可以幫我生個兒子，沒想到妳一直在偷吃避孕藥。」我用爽朗的語調說著，沒有正眼看她。

這個時間，就算是在家裡也可以聽見中央區內擠滿上班族的高速捷運來回穿梭的聲音。每吞下一口熱湯，就會有某種溫度融入體內深處的確實感受。

她開始崩潰哭泣，鼻子整個貼在濕潺的白吐司上，還發出哮喘一般的吸氣聲。於是我伸手去觸碰她的臉頰，撥開那些因淚水黏貼在眼睛四周的髮絲。不論現在還是事發當時我都無法理解自己是在怎樣的心理狀態下做出那種下意識動作，有可能是愧疚跟不忍，但是我到底爲什麼要對這女人感到愧疚與不忍？

「妳還記不記得妳第一次來找我時，直接了當地說『因爲你對黑幫地面交易干涉太多，所以我要代表正文組殺了你』？我心裡在想：『正文組怎麼會派這麼愚笨的新手來找我呢？是不是瞧不起我？』後來才知道妳是跟父親自願說要來的，」那景象就像早年的老土黑道電影情節：身爲殺手的敵方大哥女兒愛上男主角，這麼俗氣的事件卻被我遇上。
「妳是一個愚蠢至極的女人，應該過得很自由才對。」
「連阿樂都討厭我，我就沒有活下去的理由了。」
「我並不討厭妳，只是對我們一再重複的相處模式感到煩躁，妳根本不是爲自己而活的，就連槍殺我也沒有勇氣做到，然後每天哭喪著臉把自己屈就成一個女傭。況且妳早就想自殺了，不要歸咎到我身上。」
「我果然是因爲錯誤才出生在這個世界上的，做什麼事情都是錯的……。」
「不要哭了，很醜。」
「阿樂……」
「什麼事？」
「你從來沒有對人生覺得後悔過嗎？」
「沒有，」我又喝了一口熱湯。「我對自己過去以來的人生很滿意，要是有輪迴的話，我想要投胎成跟現在的自己一模一樣的人。」
她聽完我的話後一語不發地轉身走進書房，出來時雙手居然捧了一把漂亮的全新消音式自動手槍，核桃木握片還被擦得閃閃發亮。
「爸爸今天來拿這個給我……他說這把槍今天一定要見血，如果我殺不了你就得自殺。」
她的下眼瞼紅腫得很嚴重。

「那妳終於決定要殺我了嗎？」

「阿樂……我不可能殺你……雖然我永遠搞不懂你在想什麼……。」

於是她把保險桿扳開上膛，槍口指著自己的太陽穴。

這樣激烈的舉動相襯走廊石灰般的一片純白之下顯得格外寧靜，冷冽中絲毫沒有詫異或是慌張的氛圍飄散。一切都在意料之內，她不可能如此乾脆的對自己開槍，當然她也永遠不可能會對我開槍。

我直視著她，還用斬釘截鐵的語氣：

「要是自殺會下地獄的。妳這輩子還沒有殺過人吧？要是現在自殺就上不了天堂，會下地獄的。」

「眞的有地獄存在嗎？……」

「一定有地獄存在，妳很純淨，不可以自殺。」我很相信有地獄的存在。

我摸摸她的額頭，溫柔地用左手握住她的右手，然後把食指用力一壓。

「妳不可以自殺。」

她的肢體隨著一聲巨響後軟癱在我胸前，地板過沒多久時間就變成濕漉漉地血紅一片。

要是我沒有扣下扳機，她父親也會派人做掉她，這就是黑社會的規矩，這麼單純的人不應該出生在這種家庭。

所以島深又說錯了一件事，就是那女人其實從一開始就沒有要殺我的打算。

「你為什麼事後要去跟條子自首而不是聯絡我呢？你腦筋到底在想什麼？」

他就算隔著防爆壓克力板也有辦法責備我。

「愧疚吧……總覺得這件事不需要牽扯到你們身上，其實我也不知道自己在想什麼。」

「沒想到你還眞的愛上那個女人啊……眞諷刺。」

「是啊。」

很諷刺的是我也不知道自己在想什麼，我常常對伊月說出惡毒的評論，緊接著就對她表達關心，倘若眞的硬要找出個定律的話，就是我會對自怨自艾的負面情緒產生反彈。舉個例子來說：我掐了她一下，她要是回我一巴掌的話我會很開心；但她總是哭喪著臉說是因為她自己做錯事我才會如此對待她，這樣就令我感到煩躁極了。

「看來你很清楚自己做錯事了。」

島深哥是個精明能幹、一絲不苟的人，他長期以來都是以包容為主體在跟我互動，卻擁有堅韌無比的自我中心意識。表面上是順從我的主意在做事，事實上他總能把我深藏在潛意識的心態一語道破。

「你等一下回牢房後記得查看一下馬桶水箱蓋內側，我們想辦法弄了兩包香菸跟半管嗎啡在裡面。」

「島深！你眞是我的神明！我三天沒菸抽已經覺得快死了！」

「去你媽的……那不是給你抽的。你必須在出獄前弄到一個東西，可以拿香菸跟麻醉劑去交易。」

「要弄到什麼東西？爲什麼？」

「防毒面具，我們現在手上沒有多的，而且你出獄後我暫時不能跟你碰面，所以你得自己拿到手。大哥已經幫你安排好要居住的地方，在東十三區南角大廈旁邊的一棟國宅頂樓，那裡據說非常臭，如果不戴防毒面具根本無法睡覺。」

「你是說南角大廈垃圾場旁邊？」

「是的，那地方離中央區很遠，正文組沒有閒情逸致找到那邊去，你可以暫時先在東區地面做生意，我會去找你。」

「東區地面會有生意可以做嗎？」

「可能會有當地追討高利貸的流氓去棄屍吧？」他不屑地笑了一下。

「你們什麼時候會來找我？」

「我要先穩定幫裡的狀況，快的話過兩個月就去找你，慢的話可能要一年。」

「啊……都忘記你在理亂堂已經混很大了。」

「監獄內賣違禁品的人很快就會跟你接頭。」

懸掛在訪談室左側牆上的廣播器發出「嗶——」的一聲噪音：「一〇四八三，訪談時間結束。」隨即有兩名身穿制服的獄方人員開門進來把我拉離椅子，我一起身就向後方的門口緩慢走去。

腳鐐碰觸在腳踝內側皮膚上產生冰涼的感覺，然後我才聽見壓克力板後的島深推開椅子離去的聲音。

＊

伊月的屍體平躺在玄關通往客廳之間的走廊地毯上，血液跟淚液糊在一團，要是現在看來那質感就像阿虎垂掛在嘴角邊的唾液，可以明顯感受到它所散發出來的餘溫隨著離開身體內部中心逐漸冷卻。有數條不見乾涸的小溪從瀏海深處順著白皙的眉稜骨注入瞳孔，尚未閉闔的右眼有部分被染成邪靈一般的赭紅色，微血管陣陣爆裂，她現在的身體可是躁動得非常活躍。

我走進廚房，打開瓦斯爐把沒喝完的豬肉味噌湯加熱，表面滾燙的泡泡就在滿溢出鍋緣前嘎然消失。沉澱在鍋底的紅蘿蔔片必須用鐵杓舀起，不然大火烹調很容易就造成受熱不均勻的狀況。

我真的不知道自己爲什麼突然失去原本就不應該存在的情緒。

與那女人相遇這件事對我二十七歲之後的人生而言，就目前來講是毫無影響。

前聯邦政府掌有彌生大陸執政權約莫半個世紀，美其名是開明開化的民主體制，一名身兼三軍統帥的大統領加上四百六十二位國會議員；事實上卻是充斥貪瀆與少數極權的腐敗政治組織，我的父親就是其中那名掌有絕對權力的軍方統帥，也是唯一血統純正的王室貴族。他的元配生下兩個孩子，但都在政權轉移後隨父親被流放到北區邊境，受不了生活型態急遽變化下只好自刎身亡。當前政府崩潰那時我才七歲，跟身爲二房的年輕母親帶著大筆家產投靠在中央區經商成功的舅舅，於是順遂地維持貴族般的生活水平直到十六歲母親因病去世。從小母親就把這個國家自古以來的歷史變遷當作我的枕邊故事，她聰明卻極度戀棧享有不合理特權的生活，還不斷告誡我：「你跟街上那些世俗百姓是不一樣的，他們的生命就像螻蟻，是沒有任何價值的。」

從小我所知道跟了解的事物就比同年齡小孩多很多，雖然我念的是私立學校，也不能告訴任何人自己的父親是犯下貪汙重罪的大官，但是我的確打從心底瞧不起那些在我身邊遊走的芸芸眾生。

當遇上伊月的那一刻，我很確定她也是屬於那些低等老百姓其中之一，就算她的父親是佔有一席之地的黑幫老大，也只是地位較高的兵蟻。伊月完全可以嗅到我對她不屑的氣息，但她卻因此迷戀上這種態度，還不斷追尋被更加奴役的感覺。她是這個世界上少數不想親眼瞧見世界末日的人，所以她終其一生都在朝自我毀滅的方向前進，直到我替她下決定結束這荒謬的理想。

她常常問我：「你從小到大有對任何事感到氣憤或悲傷過嗎？」我總是給她否定的答案，這也是事實，我一直以爲自己是個沒有任何負面情緒的人，直到現在盯著滾燙的豬肉味噌湯消散的泡沫，才發覺似乎有什麼東西終於被強迫離開意識深處隱藏的一角。

三把手槍還放在木製五斗櫃上，當我把瓦斯爐關閉的同時，五斗櫃上的電話機在靜謐中響起巨大的電子鈴聲。

「喂？……」

我走出廚房接起電話。

「阿樂，我是島深弟，你那邊還有多的美沙酮嗎？」

「有啊……你要多少？」

「兩百毫克就夠了。」

「你明天白天來地面找我拿吧……。」

「你的聲音聽起來很疲累，怎麼了？」

「沒事……我在吃晚飯。」

「有什麼需要幫忙的就說一聲。」

「你又把我當自己人了。」

「那我也要去吃晚餐了，我愛你。」

島深弟每次在掛斷電話前都會說他愛我，然後就迅速掛上話筒。他並不是同性戀，但是從小他對我的崇拜或許遠勝於跟他有著一模一樣外貌的胞兄，這情愫總讓他哥哥覺得吃味，他們還曾因此大打出手，回憶起這些童年往事讓我不由自主笑了出來，但只維持了幾秒鐘。

然後我蹲下身子撫摸伊月逐漸僵硬的肢體，大腿、腰際、肋骨都已經失去溫度，背部也漸漸有淺紅色斑塊從皮膚中透出。關於我對她提起的地獄，其實是印象中母親的口頭禪，她常常一邊對著鏡子化妝，一邊咒罵新政府革命志士：「你們毀了我的人生……你們一定會下地獄……」直到她死在病榻上的前一刻，還依然把我拉近她身邊說道：「你父親自殺一定會下地獄……他毀了我的青春，我要去地獄找他算帳……。」

所以我深信自殺的人會下地獄，母親當時那充滿怨恨的猙獰面容，會讓任何直視她眼神的人都相信她所說的是眞理。

躺在我腳邊的這具屍體是無瑕且幸福的，我替她承擔了所有罪孽。

認識伊月這件事對我二十七歲之後的人生一點影響都沒有，但是殺掉她後，我開始理解自己原來就失去的特別感情可以稱之爲「愧疚」，可笑的是，這居然是平民老百姓早就熟悉到淡忘的直覺情緒，如果我找到這種情感就等於給了自己重重一拳，把自己壓倒在地上，讓螻蟻爬滿我的臉。

任何一個處在正面情緒的人，都必須對失落、悲傷、絕望的人產生名為愧疚的病態同情，這種定義是思想上的極權共產，在自己未認知的狀況下去實踐這定義的老百姓就道德上而言是比我父親更可惡的專制者。可喜可賀的是，我到現在還依然堅定地認為，這東西天生就不存在於我的腦內杏仁體。

母親沒有留給我任何遺產，沒有任何工作能力的她把當初從父親那帶出來的錢都花在名流社交生活上，所以我現在所居住這間位於中央三區的百坪豪宅是靠賣早餐賺來的。兩間睡房、一間書房、兩套衛浴、中島式廚房旁邊是大客廳，然後通過白色細窄走廊就可以到達玄關，現在玄關跟走廊之間的交界點躺了一具乾硬的屍體。我可以在明天早上把她帶去地面處理掉，然後繼續度過安逸的生活直到正文組的殺手暗殺了我；或者我也可以打電話給島深兄弟，請他們幫忙一起處理屍體並尋求理亂堂的庇護，直到我因為任何一種原因死亡。

最後我打了一通電話給警察局，就說我殺了人。

在等警察趕到的這段時間我坐在伊月身邊抽菸，菸味跟廚房傳來的味噌湯香味蓋過地上這些器官組織液有如悶臭鏽鐵一般的氣息。我把菸灰撣到她臉上，只要她看起來醜陋、喜悅、自信，我就不會有愧疚。

＊

「剛剛你去會客時有工人來修馬桶，他們說馬桶壞了。」

阿龍蹲坐在牢房地上又欣喜又猥瑣地望著我。

「他們效率還眞高啊……。」可想而知，所謂來修馬桶的傢伙就是島深派來藏包裹的人。

在跟島深哥談話之前，我思考過理亂堂大費周章把我弄出去的機率是百分之百，就算島深哥沒打算去跟老大協調，他弟弟也會拿兩把衝鋒槍進來劫囚，與其發生這種令人瞠目結舌的事還不如多花點錢打通獄方，但是這並不構成我當初去自首的投機條件，我沒有投機的打算。

「怎麼剛剛聽獄卒說你明天就要移監了呢？」

「我要被關去重刑犯專屬的牢房了。」

「對啊……都忘了你是重刑犯。」

所謂假借移監之名義，大體來講是爲了不讓同房的人知道一〇四八三號人犯先前的判決資料改變而起疑，要走到這一步他們至少得賄賂五、六個握有決定權的高級官員，不過在新政府如此注重人權的制度之下，確實是有把輕、重刑犯分發至不同樓層牢房的規定。

「我出去後會回來看你的，不過我要先宰了那婊子。」

「你要是眞宰了她就不需要來探監找我了，你會直接來陪我。」

「小兄弟你實在是一個很特別的人，比我還年輕但是很有大哥風範。」

「你過獎了，我還有很多要學習的呢……。」我沒有一句話是眞心的。

「你很健談，總是笑得很爽朗，不像其他那些烏煙瘴氣的傢伙臉臭得像全家人死光一樣。」

「我倒是全家人都死光了。」

「剛剛獄卒也說林牧師臨時想要跟你輔導，好像是晚餐後吧？」

「是嗎？那我要好好跟他聊一聊。」

對於林牧師突然提出臨時輔導的原因，我在腦中出現某種揣測結果，如果眞屬實的話我就得在輔導課開始前拿到藏在馬桶水箱內的兩包菸跟半管嗎啡。

阿龍說對了，他們的效率眞的很高。

「在你入獄前我有被他輔導過兩次，他也知道我是做大生意的，所以說服我出獄後捐獻一些採買日常生活用品的資金。」

「爲什麼呢？東西不夠用嗎？」

「牧師說政府光養個中央監獄就不知道虧了多少億元，我們這種資產家應該多幫忙。」

在我父親那個年代，監獄是不可能虧錢的。他們不會提供毛巾、牙刷、內褲，甚至飲用水給犯人，如果要節省基本開銷，最好的方法就是處罰不守規矩的受刑人數天不准吃飯，至於哪些人不守規矩則全憑獄卒的私人喜好判定。另外獄方人員如果收到賄賂，也必須把大部分贓款交給上級長官，長官再繳交四分之三給政府；然後變成我跟兄長的學費或是母親雇請三十幾名傭人的開支。

「我在北區可是有五間廠房。」

北區是輻射汙染區，根本不會有工廠。

「既然您生意做這麼大，何苦為了一個女人動手還搞到坐牢？」

「我們兩個都是被女人害到坐牢的！」

雖然我不是很想承認自己跟他有什麼相似之處，但他這樣說其實一點都沒錯。

所以，我笑出來了。

阿龍一口布滿黃斑的牙齒又小、又參差不齊，他一旦敘述完自己的遭遇就會鬼鬼祟祟地撇開眼神，轉而望向地板上的水漬或是鐵欄杆腳柱，這舉動或許表示他沒哏再扯謊下去，對方也不方便再追問了。我是這監獄中唯一願意陪他聊天的人，真要追究原因的話是因為我很健談。坐牢是非常無聊的，必須想盡辦法虛耗這無所事事的生命，如果腦筋過度複雜又富有哲學思想的人，一定會罹患什麼精神官能性憂鬱症，最後把比別人稍微優秀的邏輯概念花在如何利用毛巾跟水管勒斷自己脖子的方法上。大部分腦筋單純的人犯倒是可以把心力擺在鑽研宗教、懺悔過去跟閱讀政府資助的勵志類優良出版品，佛陀會告訴你此生受的苦是因為前世所造的罪孽，基督也會告訴你只要心中有祂就可以獲得寬恕，反正沒有人會教你唯一重要的事，就是變聰明的方法。

讀書是無法變聰明的，我從來不讀書，阿龍很喜歡讀書，他好像還有碩士學位。

晚餐鈴響，所有人被依序趕出牢房走向餐廳，我緊抱下腹部賴躺著發出呻吟，表情痛苦到就像有一條巨蛇在腸子內鑽繞。我不斷打滾，腎上腺素的僞裝把臉色弄得慘白甚至逼眞地冒出汗液，直到獄卒准許我獨自留在牢裡排便，還因爲怕被臭味熏著而迴避老遠。

馬桶水箱蓋底下用接著劑黏了一個巴掌大的、用監獄內常見牛皮紙袋摺成的包裹，裡面有兩包薄荷涼菸、一支注射用針筒，還有裝滿透明液體的深焦糖色玻璃安瓶，算一算還眞的差不多是半根注射管的分量。我把它們塞在腰際鬆緊帶跟髖骨的縫隙間，一直呆坐了數十分鐘才聽到廣播響起「一〇四八三號人犯立刻到輔導教室」的聲音。

「我還是想多跟你聊一聊。」

「關於什麼事呢？」

「關於你上次提到，跟朋友用玩具槍去搶銀行的事。」牧師把輔導紀錄本闔起，隨手扔在小桌子上。

「只是爲了追求刺激而嚇人這麼單純變態的理由嗎？」

「當然就只是因爲這樣，不然老師您指的是什麼呢？」

「當時經濟狀況也有問題吧？」

「您爲什麼這樣認爲呢？」

「當時你母親已經過世了……我記得她沒有留下遺產，還有負債吧？」

「老師您認識我母親？」

「我二十幾歲就離開從小生長到大的南區在你家當傭人，直到二夫人過世才走，然後當了牧師跟監獄觀護人。」

下人的確都是稱呼我母親爲二夫人，因爲是二房的緣故。

「我不記得了。」

「你當然不會記得我，我是在上次輔導課後跟你的朋友接洽，才知道你就是那名倖存的小少爺。」

「那……我是不是該跟您說『對不起』之類的？……」母親總是把奴僕當狗一樣使喚。

「這倒不必了，我只是想聊聊你那時搶銀行的動機。」

「我眞的只是無聊，純粹想看老百姓恐懼的表情。」

「你果然是貴族之後啊……連喜好都像極了十七世紀歐洲王室，在宮廷內養幾個侏儒看他們耍寶，難怪道德觀有些偏差。」

「老師您提到這件事只是爲了消遣我嗎？」

「或許有一點那種意味存在，但也是在讚嘆緣分的奇妙。」鈦金屬鏡架後的兩隻小眼睛在肥滋滋的面容上笑瞇成彎月狀，顯得格外具有殺傷力。

「老師您有東西要給我嗎？」

「你也有東西要給我吧？」

「是的，但這是您指定要的東西嗎？您不像會抽菸的人，也用不到麻醉劑吧？」

「那是給我兒子用的。」

「什麼？」

「他之前跟你待在同一個牢房，昨天被關到五百三十樓的精神病院。」

「原來阿虎是您兒子啊？他怎麼了？我很關心他。」

「你還幫他取了個名字啊？哈哈……不愧是小少爺。」他擺明了是故意叫我「小少爺」。

「他天生是罕見疾病患者，肢體肌肉會不定時莫名其妙劇烈疼痛，但是他的感官傳達神經也有問題，只要覺得痛就會表現出一副越笑越開心的模樣。」

「用嗎啡他不就無法成功戒毒了嗎？」

「我沒有讓他戒毒的打算，我從他小時候就把他關在不見天日的地窖內，親自為他注射各種止痛劑，直到數個月前他偷跑出去，跟別人買了藥才會被警察抓。」

「他還有跟毒販交易的能力嗎？」

「他只是精神不正常，並不是智能不足。」

「您一值餵他毒，這樣他應該也活不久了。」

「至少他不會一輩子都在笑，這是我身為父親唯一能做的。」

我對眼前這胖子跟他兒子都越來越有好感了。

「小少爺，你的黑道弟兄說你需要防毒面具？」

「他不是我的黑道弟兄，只是好朋友，我跟黑道沒有關係。我很納悶……他爲何不把您要的東西直接給您就好，還要找人多此一舉地先讓我拿到？」

「我跟他說我想跟你多聊一聊，這樣比較能夠引起話題。他是前國會議長的兒子吧？他父親可是你老爸的大傀儡啊……。」

「聽起來你們也聊了不少。」島深哥完全沒跟我提到這些事，他果然不可能讓我欠他什麼人情。

「老師，我後天就要出獄了，我會想念您跟牢房裡的好友的。」

「你知道我的職責就是助人向善，希望以後不要在監獄看到你了。」

「不會的，我業障這麼重，可能也活不久了。」

「從上次看到你，相隔至少十年了吧？其實你一點都沒變。」

入獄第二次的輔導課就在十分鐘之內草草結束，我因爲得知自己看起來一點都沒變而感到有點高興。

爽朗的年輕人們

新曆二十一年六月五日・下午二點三十分・東十三區地面

在前天，六月五日。

當時若硬要我說東區地面有什麼比中央區好的，大概也只有悠閒兩個字。

同樣是無機體圍繞形成極其冷冽的環境，處在東區就是感覺恬靜一些，沒有太多依恃非法交易或殺戮求生的社會邊緣人在晃蕩。

以往從上午九點到下午五點這八個小時內，至少會遇見兩到四組渾身是血、拖著新鮮屍體在尋找棄屍點的殺人犯，還有老經驗的黑道分子也是散客來源的一部分，他們總會特別來買杯熱咖啡順便詢問在五到十分鐘內有誰經過這邊？往哪個方向移動？以免剛好撞上仇家或敵對幫派成員。

東區地面幾乎完全沒有這種客人，當地流氓來棄屍早有固定路線，根本不需要向我詢問任何問題，在這一年多以來只碰過四個迷路的、蓄意自殺後來反悔的笨蛋，這大概是以往在中央區不到一天的客量。所以從去年底開始，我待在地面的時間僅僅只有中午十二點到下午四點共四個小時，大幅縮減為中央區時期的一半，這營業時間也不太像早餐店的營業時間，但我的菜籃車上還是掛著寫有「早餐」兩個大字的招牌。

畢竟對於迷失在黑暗地面的人來說，看到這「早餐」招牌上閃亮的LED燈，就像看見佛菩薩的頂光一樣。

初夏的下午兩點半左右，我戴著防毒面具，背靠東十三區某棟不知名建築物的底座牆圍。透過刮花鏡片折射進雙眼的稀疏光線暈散開來，抬頭望向天空形成的細線確實比中央區更寬廣一點，就像粗綿線跟釣魚線的差異。我怡然自得地享受這分在中央區地面不可能擁有的靜謐，數十分鐘後索性平躺進入淺眠狀態，刺骨寒意由下而上透過麂皮外套滲透進心臟四周，脈搏彷彿被凍結，空腹導致血壓下降，最後就連思緒都失去自主性直到陷入熟睡。

夢境中我在一個有日光照射的老舊巨大管狀隧道裡散步，從遠方奔馳而來許多盲鼠，那是一種幾乎沒有披毛、白白皺皺的瞎眼地鼠，牠們沒有頭顱，看起來像是橢圓型的肉球加上慘白尾巴組成的生物。牠們瘋狂跳躍、翻轉，越來越多隻聚集在一起令我動彈不得。

不知道爲何在夢中我完全能了解這些盲鼠的意識，所以任由這些小肉球隨意爬上我的身體卻絲毫不感到害怕。

忽然間隧道內一陣劇烈搖晃還伴隨爆炸轟隆聲響起，我支撐不住平衡而向前撲倒在地，手底壓爛幾隻盲鼠。

抬頭一看距離兩公尺的前方居然出現一架深灰色塗裝的高空隱形轟炸機，上面沒有半個駕駛員這件事居然讓我恐懼到不斷冒冷汗。戰機沒有移動也沒有發出任何聲音，就是安然肅穆地停在那裡，我這才發現所有盲鼠都已經瞬間消失，包括原本壓在掌心下的那幾隻。

當再度抬起頭時又轉而置身在母親床邊，她帶著病入膏肓的慘白面容平躺著，地上散落了許多被撕毀的剪報跟字條，大至可以看出新聞報導標題寫的是西元多少年展開戰爭、大樓建設全毀、人民躲藏地底這些訊息。其中一張黑白照片就是剛剛在隧道中所見到轟炸機飛越天際的畫面，我凝望那張照片許久，直到忽然聽見「咚！」一聲巨響才發覺母親居然在翻身時重重摔落到床底下；沒有任何痛苦掙扎，只是雙眼無神，悠悠地開口說出：

「老闆。」

「老闆，該起床了，老闆。」

「老闆，你好大膽啊，居然敢睡在地面。」

有兩張完全一樣的模糊臉孔逆著光俯瞰我。

「島深……兄弟？」

「老闆，起床吧！」

我坐起身，把面具拉掉用力揉搓眼角，夢境才進行到一半就被迫回到現實其實不太舒服。

「阿樂，你什麼時候養成戴防毒面具這種怪興趣？」

「在東十三區生活如果不戴防毒面具會被活活臭死。」

「我當然知道，我們是從南角大廈過來的，問題是現在地面又不臭。」

「我也不清楚，這樣還蠻有安全感的。」

「阿樂，我好想你，我可以親你嗎？」島深弟面無表情地說出這句話。

「不行。」

「這一年過得很悠閒吧？我弟弟說在電話中有聽你提到，你已經成爲東區養魚大嬸的夢中情人了？」島深哥倒是面帶笑容地酸了我一句。

「這要多虧你幫我安排住到這裡，沒想到還真的可以遇到來地面棄屍的流氓，兩個月頂多一個吧？除此之外地面根本看不到任何生物。」

「所以你只好去把漁婦來打發時間嗎？」

「誰叫我是個爽朗陽剛的年輕人。」

從離開監獄算起已經快超過一年六個月了，他們才第一次親自到東區來找我，跟島深哥當初探監時所說的「快至兩個月，慢至一年」都相差甚遠。

這一年六個月我都在做什麼？東區確實很悠閒，尤其是十一區，那邊的大樓結構都是方方正正的，高度不會超過三百層，從每個角度都有人造太陽光源透入透明帷幕，環境就跟中央監獄的植樹區很類似，居民也在每一層樓的魚塭四周種了不少碩大的茄苳樹或梔子花。我喜歡東十一區的原因還有一個，就是南角大廈的廢棄物惡臭順著風向是吹不進這兒的，每天只有廚餘中繼站業者來兜售餿水飼料時會帶進臭源。

我剛搬來東十三區時還不習慣戴防毒面具睡覺，唯一能合理在鄰近十一區過夜的方法也只有一種，就是偷偷陪當地的已婚婦人上床，她們的床鋪都很乾淨。這些淳樸的女人需要我的生殖器：來自中央區、擁有貴族血統的年輕生殖器，沒有腐爛魚腥跟窮酸味。

當初次來到東十一區跟居民閒聊時，就發現當地婦人的眼神相當有趣，她們看似在對著我的五官說話，諸如一些「你住哪裡啊？」、「你來自哪裡啊？」的雜言廢語，事實上我的存在對她們而言就是一根白皙筆直的陰莖。我免費和她們做愛，只要給我晚餐、無臭味的被單、一些做生意用的咖啡粉，這些對我來說都比現金重要多了。

身無分文的感覺並不陌生，母親過世後我就過著形同流浪漢的受虐生活，甚至爲了塡飽肚子跟以前家中傭人借錢，只可惜沒人搭理。島深弟是我當初最大的經濟支柱，他們家在政權轉移後並沒有太大損失，父親成爲一名業餘房產家，十年下來也累積不少不動產。島深弟總是瞞著哥哥偷偷借錢給我，加上爲母親償還債務的金額加起來居然高達數千萬之多，而這些錢都是在我成爲一名傑出的早餐攤老闆後才還清的。之後我又存了更多現金，還買下中央三區的百坪豪宅，接下來在裡面殺了人、坐牢五天、島深哥救我出獄，一瞬間我又身無分文。

我並不覺得自己卑劣或可憐，我不會自怨自艾，就算住在廢棄物處理中心四周飽受惡臭跟悶熱之苦，我還是會去南角大廈偷竊名牌居家用品、夾克、牛仔褲。當我穿著價值數十萬的衣物和漁婦閒聊時，她們沒有任何人認爲我是一無所有的逃犯，而是高雅又驕傲、博學多聞又爽朗的陽具。她們的眼神對我來說，和無臭的被單一樣，也都比現金重要多了。

島深哥在過去一年間都會打電話給我，大部分是詢問地面交易上的問題，並答應有朝一日會把巨額諮詢經費一次還清。如果是他弟弟打來的電話，往往是閒聊，我也會把在這裡所有的新生活方式都無所謂地跟他分享。島深弟會轉達給他哥，可惜的是島深哥並不了解邊緣求生的悠閒與幽默，他誤以爲我是痛苦的，所以內心沾沾自喜。

「聽說理亂堂在中央區地面交易不大順利？」我主動向島深哥提出疑問，畢竟這應該是他們突然來找我的主要原因。

「你不在的確差很多，其他那些有地圖的情報販全都是笨蛋，完全沒辦法規劃安全的交易地點跟時間。正文組首先違反規定殺了其中幾個人拿了地面地圖，我們也只好比照辦理，才發現他們的地圖簡陋不堪，只是把十年前軍方流出的空照圖做一些編號標記。」

「我的地圖也差不多只是這樣。」

「地圖根本不是重點，你可以正確判斷從不同地面出入口到達某一定點的時間，還可以估算對方會從什麼方向攔截。」

「話雖如此，阿樂當初那份地圖還是不太一樣吧？總覺得你知道的出入口比較多？」

島深弟適時插上這一句。

事實上，偷聽別人的敘述就可以大略猜到，其他地圖所標示的通地出入口僅限於中央區跟東區，根本不及我所知全部出入口的四分之一。我不能跟任何人討論這方面的問題，就算是島深兄弟也不行。這是行規，關於地面的情報只要有利益牽扯的人都得用金錢來交換。

「我不知道，我沒看過別人的地圖長什麼樣子。不過黑幫開始違反規定暗殺情報販子眞是很嚴重的事，這樣做是很愚笨的，地面的路徑不是只要有簡單地圖就可以辨識，我們現在在這種伸手不見五指的地方聊天，看不見太陽，指南針也無法使用，你們多轉幾個彎後還可以分出哪裡是東南西北嗎？」

大廈升降系統是以磁力幫浦爲重要機制，這造成地磁混亂，指南針也無法使用，要辨認方向只能單靠情報販長時間在地面活動的結構概念。有些人誤以爲動物性直覺也管用，眞的在地面停留個五分鐘就知道了，沒有經驗絕對無法生存。

「況且如果人人都有一份超詳細地圖，地面不就變成觀光區了？也不可能進行任何交易，黑道不就沒飯吃了？」

「我們的確違反了規定，但也只拿到一些垃圾，像你或是其他少數高明的情報販，早都把手中那張比較詳細的地圖銷毀了，大腦就變成你們賺取暴利的唯一工具。」

「我不認同這一點，我還有賣早餐，並不是只靠情報賺錢。」

「那請問可以給我跟弟弟來杯比較不貴的咖啡嗎？」

地面永遠只會出現這七種東西，沒有例外：做黑市交易的黑道、做黑市交易的商人、棄屍的黑道、被棄屍的屍體、極少數誤闖的白癡、尋死的人，最後就是情報販子。

我賴以爲生的工作堪稱是一種極其特殊的行業，它在法治管理範圍外的社會結構中具有相當的地位與重要性，嚴格來講是專業人員。

要在地面賣情報，首先得擁有一張清楚顯示地面街道路徑的地圖，地圖通常是由軍方外洩的衛星空照圖爲基底，然後畫上可通往地面大廈出入口的標記，這些出入口位置是由自己探查得知或是源自所得到地圖原本就有的紀錄。情報販之間不太會相互交流，就算是花大筆鈔票向同行買賣地圖的部分內容，對方也不見得會說眞話；畢竟越了解地面就能賺越多的錢，小小一張地圖能帶來的後續利益是無限大，所以地圖也是極少數不可複製的物品，這樣才得以維持整個非法交易市場穩定。

每個人用各自方法得到的初始地圖，在詳細程度及正確性方面絕對有差異，但是如果撇開這項目不談，分辨情報販之間能力高低的，是記憶力以及空間結構概念。例如我不能光知道哪一區哪棟大樓有通往地面的出入口，還得知道這出入口可以通往大樓的哪些樓層？從這個大樓又要如何到達另外有通地出入口的大樓？路程多遠？要花多少時間？困難度多高？也就是說我的大腦記憶體，要隨時可以調出一張類似使用延時攝影器材拍攝製作的立體圖象，範圍小至一個區域，大至全聯邦政府管轄所及，才有足夠能力替客戶運算各路線交會的機率、正確安排交易地點而不至於被敵對組織攔截或是讓對方有破壞交易竄逃的機會。

身上擁有實體化地圖對於情報販子來說危險性太高，雖然有點腦袋的黑幫都知道光靠地圖知識是不夠的，也才會咬牙讓情報販賺取高額費用，但還是難保有人會用殺人越貨的方式搶走地圖另起爐灶。所以就像島深哥所說，我們這種比較高明的情報販，在起初用不同手段得到比別人詳細的地圖後，就把它熟記銷毀。正文組跟理胤堂先後去殺死那些帶著地圖走動的菜鳥，這行爲其實非常愚笨，這樣不但得不到完整情報，還會引起黑市恐慌，造成情報販往後以半威脅性質開出更高價格，最後吃虧的還是幫派自己。

所以我說黑道分子的腦筋都不太好，我絕對不會加入黑道。

「虧損很大吧?也難怪你們終於有閒來找我。」

暗黑一片的東十三區地面可以聽見唯一一台發電機運轉的噪音，攜帶型日光燈管昏暗的白光下有三個年輕人坐著圍成一圈，在氣溫還不到攝氏十度的環境中喝著刮胃的劣質美式熱咖啡，乍看這情景其實相當溫馨，就像上流社會人士的午後閒暇時光。

「不……來找你是爲了更重要的事，不然我們絕對沒有空閒時間可以過來。」

「是有什麼非讓我知道不可的事件嗎?」

「可能要拜託你過幾天後回中央區一趟了。」

「我這樣一回去不就會被正文組逮個正著?」

「這你不用擔心，他們現在沒時間管你。」

「我們大哥死了。」島深弟比較沒有賣關子的習慣，但這天外飛來一句還是令我困惑。

「什麼?是哪個大哥死了?」

「我們的大哥，理亂堂的大哥，把你弄出獄的那個大哥死了。」

「那爲什麼正文組沒時間管我?是他們殺的嗎?」

「是他們派人暗殺的，但他們也因爲一些突發事件搞到一片混亂，現在完全無法干涉交易的事宜。」

「所以你們是要利用我回中央區，趁此重整理亂堂的優勢?」

「我只是希望你去參加大哥葬禮，我哥哥希望你回去幫助交易。」

「是的，」島深哥果然插話進來了。「我覺得你回到中央區地面會是理胤堂的決勝關鍵點，如果你能成爲我們幫派成員會更好。正文組在暗殺前居然找到另一個傑出的傢伙替他們做事，好險還沒有付諸實行就發生事情了。」

「島深哥……我說過，我這一輩子不可能會加入任何組織。過去要不是你們兄弟倆的關係，我不可能幫理胤堂做這麼多事，這並不代表我對你們幫派有什麼好感。」

「我會在葬禮那天跟你交代清楚所有來龍去脈，靈堂就設在中央二區幫會所，六月十日中午前要到場。」

「我可以不去嗎？」

「我沒辦法押著你去，只是這次事件眞的很特別啊……你不來我也不會跟你說的。」

島深哥完全了解我過剩好奇心所產生的弱點。

「好死不死『地面』就是關鍵。」

「中央區黑道是從什麼時候開始混亂的？」

「正文組不知怎麼威脅利誘才請到一名跟你不相上下的情報販，然後在六月一日暗殺理胤堂大哥，想來個絕地大反撲。」他又在用類似播報晚間新聞的語氣說明事情。

「這跟『地面』有什麼關聯？」

「抱歉，再來我葬禮那天才會說。」

「你是想引誘我回中央區啊……。」

「我知道你悠閒慣了，開始愛上這淳樸的地方。」

「你哥不說，你總可以跟我說吧？」我把頭轉向依然面無表情的島深弟。

「不行，我雖然很想講，可是我哥現在是代理幫主，我要聽他的。」

算一算島深兄弟也不過是在八、九年前才加入黑道，那時適逢舊政權被大眾媒體革命推翻滿十年；新政府交接之際長達三年的戒嚴時期，我們單只因為一條搶劫罪名就被判了兩年監禁，而他們兄弟倆比身為主謀的我早五個月出獄，之後進入屬於中央區第二大幫派的理亂堂當小弟。

解嚴後黑幫及地下組織活動一瞬間變得非常旺盛，理亂堂也確實因為有島深兄弟加入而在近幾年竄升為最大幫派。跟大部分同卵雙生兒一樣，相差數分鐘出生的兩人在個性方面完全相異，島深哥擁有冷靜、細心、幽默、完美主義的成功人格特質，島深弟則是行事作風極盡無厘頭、表情嚴肅、缺少恐懼感官的瘋狗。他們感情很好、很聽對方的話，以往也都很聽我的話，但現在情勢不一樣了，我再也沒有主導他們的實質權力，尤其是對島深哥來說。

「你進理亂堂後不會變成我的手下，不要擔心，你是專家，我還是會聽你的。」

「我不需要考慮。」

「幫裡還有許多雜事要處理，我要先回去了。」

「那我可以留下來陪阿樂嗎？」島深弟舉起手發問，像個小學生。

「當然可以。阿樂，我們五天後再見吧！」

從島深哥緩緩遁入黑幕的背影，我居然嗅不到任何關於友誼的味道，儼然只剩下如何獲得至高權力的縝密慾望。

島深家族自古以來世世代代都是狗，雜種的、最懂得適時搖尾巴求生存的狗。我從小就看見他們父親不顧尊嚴滴著口水鞠躬作揖，只為了求得富裕生活及強力後盾的情景，所以不得不用如此尖酸刻薄的形容詞。就道德領域來說，島深父親是低劣至極的，貪婪、無恥、賤格，但就一般老百姓慣用的感性領域來分析，他又成為只是為了在大時代官場求生而忍辱負重的角色。

我的父系家族一直是血統純正的高階級貴族，父親身為這種家庭的長子，從被生下來開始就注定要冷血地支配奴僕、享盡奢華。我的祖父、曾祖父、曾曾祖父在數百年來也都是如此，他們榨取人民的稅賦品嘗珍禽異獸，或是為了享樂而鞭打眾多笑鬧的妻妾，這都是貴族傳統，也是君王與螻蟻般老百姓的絕對差異。

二十一年前，堅守舊制度的父親被批鬥流放，島深議長卻已早一步向媒體投訴謊稱自己受到虐待，還公布以往暗藏北區輻射汙染人為失誤的機密文件，當然，他早把自己從中獲利的證據先刪除了。感性仁慈的新政府、新社會、新制度接受他，雖然公民社會擔任官職得由投票產生，島深父親諧星般的外貌並沒有獲得太多盲從大眾的認同，但還是被奉為某種悲劇性角色，安然活在世界上。

不同於他們道貌岸然的老爸，島深雙胞胎兄弟在人格或外貌上都跟流著相同血液的生父差異甚大，他們倆高䠷又帥氣，還帶有某種不可一世的眼神。

島深哥並不屬於天才的類型，我才是，但他勝過我的是能把自己感受到的屈辱轉化為反撲動力，而且可以花個十幾二十年去布局。幼稚園時期我們連話都還說不清楚，就熱衷於一個扮演軍國主義國家傭兵，去宰殺受生化汙染變異人民的數位射擊遊戲，他們兄弟倆在我家沒日沒夜的玩，累了就睡，僕人會自動把我們抱到床鋪上。從我的遊戲間落地窗遠望父親書房是一清二楚的，父親常把議長叫去談論內閣人選替換或如何對民眾宣導政策的事宜，議長則要求土地及建案開發權作為實質回報，島深哥如果不經意看到那裡面的情景就會皺起眉撇過頭，甚至露出作噁的表情。他由衷對自己父親齜牙咧嘴的笑容感到不齒，然後繼續殘殺電玩裡的殭屍，就像把怨氣發洩在上面一樣。可惜他的分數都不高，不知道哪裡出了問題？他在狙擊上總是顯得特別笨拙，也不願意詢問別人技巧，應該是說不願意做出任何會放低姿態的行為。

我跟母親投靠舅舅生活後也還是與他們兄弟就讀同一所國民小學，擔任三年級級任股長的島深哥從那時才展現領導者氣質，他很想在任何方面都贏過我；我課業成績太好，他就開始掌握人脈，熱衷參與小朋友之間的選舉，而我就變成他牽扯進世代家族情愫的假想敵。島深弟表面上很聽哥哥的話，事實上他是抱持著「照他說的那樣去做也無所謂」的心態，這並不是消極、被動的服從心態，反而是自我意識過度強烈使別人造成的錯覺。當你以為他在聽你的話、採信你的建議，事實上他從頭到尾都是隨從大腦深處直覺去做事，思考到達付諸行動之間的路徑跳越邏輯、法律、喜怒哀樂的情感表徵。

五年級時，島深哥在午餐後私下對我吐露壓抑已久的眞心話。

「我一直好想把爸爸殺掉，但是我不敢跟弟弟說，他一定會做，他要是做了我反而不知道該怎麼辦了。」

他給自己的壓力太巨大，十一歲的少年就想顚覆家族傳統、撇清汙點，甚至隻手撐下整個重擔。

我跑去跟島深弟說明這件事，只是想看看他的反應是否就如同他哥哥所說的，會答應殺掉自己親生父親？

沒想到我居然得到一個頗奇特的答案：

「如果爸爸死了，我們不就跟阿樂一樣了……我不要。」

雖然不知道像我一樣到底哪裡不好？但經過證實島深弟也不是會答應任何要求或建議的，他應該有自己的獨特判斷方式。所以當初的「島深議長」到現在還活在世上，據說身體健朗，常常上理胤堂經營的酒店作樂。

「下雨了？」島深弟向前伸出打開的手掌，也把頭仰了起來。

「好像有一點點，夏季午後下雨很正常。」

一般人應該在自然科學書籍中看過「下雨」或「下雪」這些現象的理論化解釋，卻只有地面才會眞正接觸到雨水，那是非常骯髒的，滴到臉部或耳根等較細緻的皮膚上甚至會有燒灼感。

我轉身從菜籃車內拿出兩頂斗笠般的醜帽子，還用帆布仔細罩住發電機。島深弟一手接過醜帽子就順勢戴了上去，看不出有任何害羞或不自在的表情。酸雨落到地上溢散出陣陣微弱的腐蝕氣味，我才想起島深兄弟剛剛是經由南角大廈來到這邊。

「抱歉，忘記叫你們戴防毒面具。」

「所以我拿到兩個。」

「什麼？」

「我在裡面殺了兩個清潔員就拿到了。」

島深弟的優點很多，包括不會說謊，所以他的臉部表情總是很誠懇。

「你哥哥沒有生氣嗎？」

「不，他很自責，他明明知道這裡很臭，卻忘記帶。」

「是啊，當初在監獄叫我去弄防毒面具的也是他，不過他對自己要求太高了。」

「阿樂，你會去葬禮嗎？」

「當然會去，既然是黑道大哥的葬禮，我會找一套稱頭的西裝來穿。」

雨是一陣一陣的，不是降雨的狀態，而是因爲受風向影響，傾斜的雨水被大樓外牆遮擋住，所以地面感覺起來是間歇的。

「二十八歲就當代理幫主很不得了。」

「他不會戀棧，等情況穩定了他就會把幫主職位拱手讓給某個長老，但實際事務八成還是由他下決定。」

「那你呢？」

「我沒有職稱，我哥叫我做什麼我就做什麼。」

「你也希望我加入你們幫派嗎？」

「不，你是天才，你會成爲偉人，所以不能加入任何團體，大多數偉人都是憤世嫉俗的。」

做情報販不可能變成偉人，我也不喜歡被大家認識，更不想留名青史。可惜在這近十年我已經成爲所有黑道又愛又恨的角色，甚至是傳奇人物。我最討厭的是藝術家、作家、哲學家等等把腦中沒有絕對答案的東西拿出來販賣的職業，俗人把他們的腦奉爲天才的腦，說什麼創意跟感悟力是學習不來的。還有一些家長會讓幼兒參加腦內創造潛能開發課程，自以爲孩子是隱性天才，只要懂得開發就會顯露出來。俗人的觀念很有趣，是不是天才其實在卵子受精成爲胚胎那刻就決定了，是上帝決定的。這世界只有極少數了解絕對眞理的天才，這極少數人通常不願意被世人所認識，就像我一樣。

那些藝術家都是傳播媒體和輿論傳言造就出來的偉人，老百姓的傳言成爲歷史，而這些名字就理所當然留在歷史上。我躲藏得很好，連聯邦政府調查局都不確定有名的地面情報販阿樂，是否就是那個遺孤阿樂？況且就算他們有確切的答案也不會公布出來，我的出生、經歷跟能力都太過奇特，現今社會一旦讓愚癡百姓知道這號人物，阿樂就有可能在次文化渲染下成爲反派英雄。這對主張正信正念的政府來說絕對無法阻止民眾情緒被鼓譟煽動，他們利用慈悲慈善做爲愚民的機制也將被毀壞。

我的事蹟絕對不會被傳頌，至少目前看來，只有參與非法交易經濟體系的人知道我，這經濟系統的參與人數很少，但流通量及獲利都大得驚人。

全國比較優秀、程度相等的情報販大約有五、六人，我會成爲其中最有名的可能是由於經營方式特異，沒有人會每天像上班打卡一樣長時間待在地面、待在固定的位置，還附帶販賣食物、藥品、子彈的雜貨生意。地面太可怕，要殺人或被殺都很容易，多留下一秒鐘就等於多一分生命危險。

我會在地面賣早餐，其實是受了某人建議，一個長得像哈密瓜的死刑犯。

「人民會需要神提供一盞明燈跟糧食，還需要一個標的。」他的說法很有趣，碰巧當時我完全不怕死，才會付諸實行。

剛開始我把哈密瓜人給我的地面地圖熟記銷毀，拖著裝了「早餐」招牌的菜籃車在中央區營業，從早上八點販賣到上午十一點就回大廈，由於完全不知道別的情報販是不待在地面的，所以從來不覺得自己有任何奇特之處。過了好幾天沒有生意，我就多帶了發電機跟攜帶型立式日光燈，希望這攤位可以在黑暗之中看起來更顯眼一點。又過了幾天，我乾脆延長營業時間到下午兩點，也才終於遇見第一名顧客，那人臨走前熱淚盈眶地雙手奉上五萬元現金，換得三明治、咖啡及一條回到大廈的生路。之後我跟島深兄弟提起我的新事業，他們相當高興，還說會提供我管道拿子彈跟藥品來販賣以備黑道槍戰的不時之需，從此我便擁有固定客源。

論危險也是有的，某次準備暗殺我的人用裝了熱感應照準鏡的狙擊槍在黑暗中鎖定，但後來居然棄械跑來買咖啡，那笨殺手就是伊月，不知爲何從此以後再也沒人特地來地面取我性命。

早餐招牌在母親忌日那天會裝有閃紅光的小燈，代表大優惠，所有商品一律打七折。

我討厭把腦中東西拿出來賣錢的行爲，才會堅持自己是在賣早餐，而不是賣情報，雖然情報跟藝術品不一樣，是屬於有絕對答案的東西。

中央區時期的優惠日我會穿西裝，加賣烈酒跟香菸，日光燈也開得特別亮。我確實憤世嫉俗，但這樣的經營者，應該不需要擔心會成爲偉人這種鳥事。

「你當初爲何會那樣說？」

「什麼？」島深弟一臉木訥地轉過頭直視我。

「小學時你哥想殺了自己老爸，我問你贊不贊同，你的回答是：『如果爸爸死了，我們不就跟阿樂一樣了？』跟我一樣有什麼不好嗎？」

「哥哥跟我說：『很多人在說阿樂爸爸的閒話，阿樂明明就很可憐，還裝作一副不在乎的樣子。』」

「我是眞的不在乎啊……貴族學校的小孩亂講話是正常的，他們也不是因爲我沒爸爸才這樣說，主要是因爲有人知道我爸爸是誰然後散播出去了。」

好在我從小個性就非常低調，所以小朋友們對於父親的嚴厲指控只維持了不到四年就消失。

他們在六年級的某堂體操課把圖釘丟進我鞋子裡，所有人偷偷盯著想窺看我的反應。四十五分鐘後下課，我滿腳是血跑去找隔壁班級的島深弟，兩個人在走廊上興奮大叫，隔天我們買了數萬顆圖釘灑滿體操教室，這事件造成當時全校師生一陣瘋狂騷動。

「我後來才知道你是眞的不在乎，就是你被圖釘刺到那次，你跑來找我露出好興奮的笑容，還指著腳說：『你看！他們在欺負我嗎？這是欺負我的意思嗎？』我那時才發現哥哥太淺薄了，阿樂根本沒把這些同學當人看過。」

「那你會後悔五年級時沒殺老爸嗎？」

「當然後悔，他一定連糞尿都噴出來。」

面無表情的島深弟看起來跟我一樣爽朗，清澈的眼神比LED燈還透亮，就像從未接觸過眞實人生。

雨停了，不是被大樓擋住，是眞的停了。我們倆把醜帽子脫了跟帆布一起放回菜籃車。

我作勢告訴他該回去大樓內，他點點頭，打開手電筒先走在前頭。

這次是免費招待他們喝咖啡，所以今天依然沒賺到半毛錢。

初中一年級，十三歲，我們第一次殺人。

校舍位在第四百八十樓到四百八十七樓之間，要搭高速捷運回家得向下走到四百七十五樓。那層除了是車站外也是商店街，其中一家麵包店老闆的女兒長得很漂亮，眼睛長長的、一頭烏黑秀髮柔軟飄逸，她大概比我們大個兩三歲，胸部已經發育成熟，但她的穿著打扮總是很保守。島深兄弟都很喜歡她，我則是嫌她身上有燒焦麵粉跟人工合成奶油的悶臭味所以興趣缺缺。

第二學期一開始就聽到校內男生在傳言麵包店小姐懷孕的消息，或許是清純形象破滅的怨恨，過沒多久她就被封上「淫蕩」、「虛假」的稱號，但這也僅限校園中曾對她產生性幻想男性間的話題，所以麵包店小姐本身並不知道這件事，看起來心情也沒受到任何影響。某天島深弟偷偷翹課跑去跟她告白，據說她對島深弟說明自己懷孕的原委；是無意間跟頗有好感的高中學長發生性行爲造成，並沒有期待生下這個小孩，但還是會休學待產。島深弟對這番論述似乎產生相當大的誤會，無預警地動手用力毆打她的下腹，麵包店小姐當場流產失血過度致死。

島深弟獨自把她的屍體拖進麵包烘焙室，然後不慌不忙地打電話叫我跟他哥哥去幫忙。

接下來就是清理現場、分屍裝袋等繁複無趣的過程，我只記得島深哥居然邊切割邊掉淚，口中還念念有詞，像是「爲什麼會這樣……」之類的無意義字句，從此之後再也沒聽過他有交往任何一個女朋友的消息，老二癢了就花錢嫖妓，在黑道裡混大了就自然有美女無償陪他玩樂。

我們各自把屍體的一部分帶回家，我藉由以前替舅舅工作洗黑錢的人聯絡到專門處理屍體的流氓，三人再付錢把屍塊給他處理，現在想想早知道有丟到地面這麼簡單的做法就不用花那三十萬元。

所以，以上我想表達的是，島深哥只是個擁有愧疚心的正常人類。

島深弟與我在南角大廈分開，他大約要花一、兩個小時坐捷運才能到達中央區理胤堂幫會所，我則是十分鐘內就經由二百一十三樓回到惡臭國宅頂樓。

不久，島深弟撥了通電話過來。

我戴著防毒面具、拿著話筒蓋了一條薄被單躺著；鼻翼不時莫名發出劇烈搔癢，手指卻摳不到癢處。

「你確定會去大哥葬禮嗎？」

「當然會，你問過了，我有不得不去的理由。」我給了他一個堅決肯定的答案。

「但你這次回去後會發生事情。」

說完這句話後他停頓了五秒鐘。

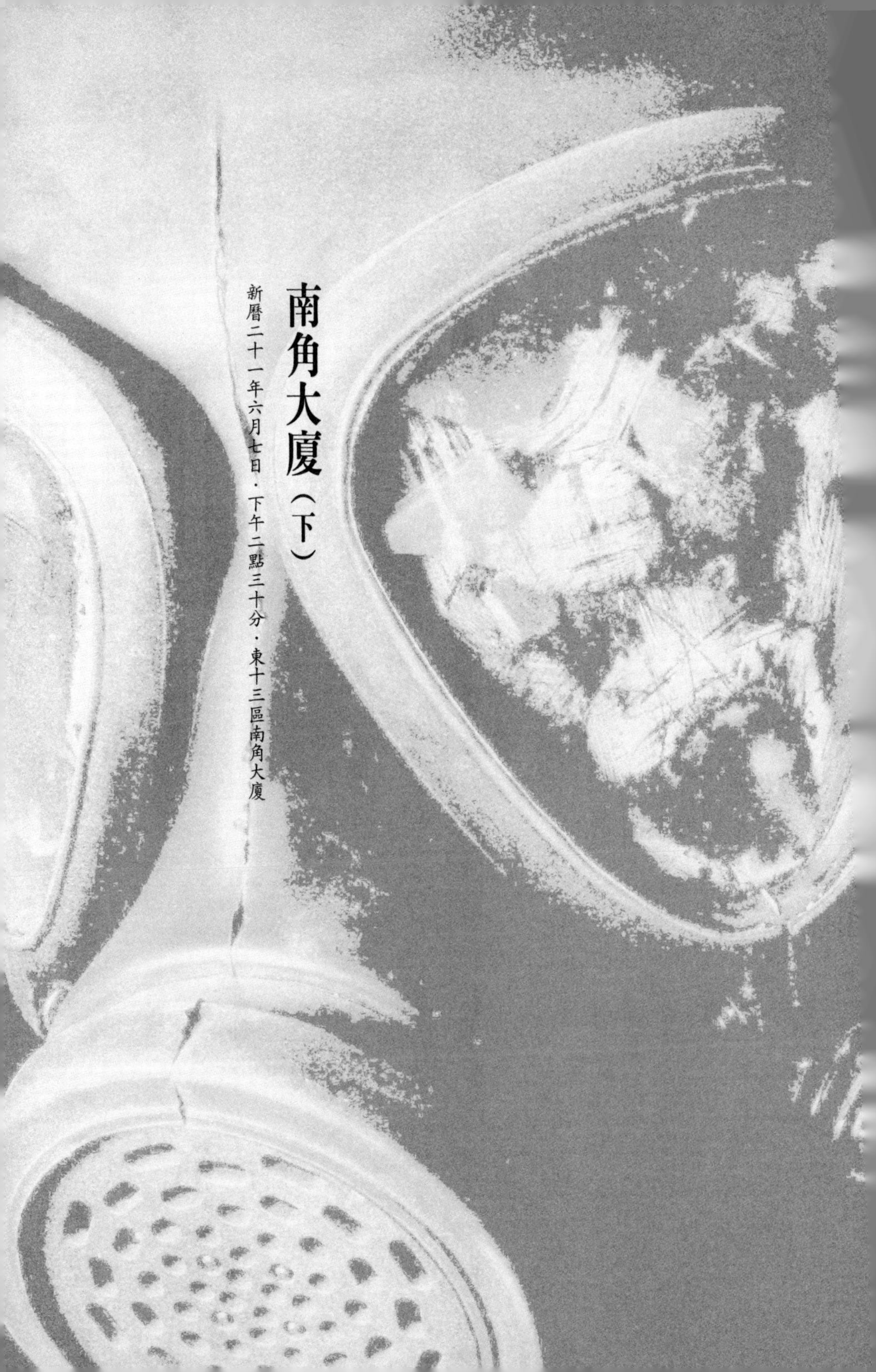

南角大廈（下）

新曆二十一年六月七日・下午二點三十分・東十三區南角大廈

地面小小的超高速直達電梯前有一盞照明用的燈泡，我拉下旁邊緊急升降的通電拉閥，這樣就連輸入密碼叫下電梯的手續都省了，等了十秒鐘電梯門開啓，我跟小妹妹走進去、按下按鈕。

七秒鐘之內就從一樓到達一百四十九樓，而且沒有造成耳鳴，上升過程中連基本上會出現的浮空感都絲毫感受不到。

落後的南角大廈近幾年才裝設這種利用磁力做動力的高速電梯，對中央區的建築物來說，造價數億元的直向電梯、橫向捷運早該是基本配備，雖然我討厭過度科技化的情景，但在一些採陽極鋼板做內部裝潢的超高大樓中看到一整橫排流線造型、外部還包裹一層透明半液化電導體的高速電梯的確氣勢十足。南角大廈從十二年前改建後就維持形同工廠的外觀，除了二百一十三樓之外其餘樓層都是生鏽的粗細管線外露，一百四十九樓還有大量裝滿廢棄衣物的深綠色短貨櫃整齊堆放，在東向牆角出現孤零零一台高速電梯實在相當突兀，有點像外星人把品質很爛的飛碟停放在本世紀的傳統煉鋼廠裡一樣，說不上什麼「衝突的美感」，倒可以直接用一個醜字來形容。這些廢棄衣物也都很臭，我沒有確實去聞過，當我把東西偷到手後就直接拿回家用強力清潔劑洗乾淨，當然全程戴著防毒面具。我最討厭臭味，連我這種從來沒有焦躁情緒的人處在惡臭環境也會頓時覺得血壓上升。

剛剛下地面前才脫掉面具抽了一根菸，就嗅到來自小女孩毛細孔中陣陣透出的微弱餿水味。

「妳長得很漂亮，卻很臭。」

期間小妹妹沒有開口問半句話，這並不會讓人覺得她很乖巧，反而帶有一點世故的味道，初到地面時恐懼訝異的面容全然消失，現在透露出來的情緒比較像是不耐煩、希望快一點把事情完成的感覺。十二歲照理來說還在念國小六年級，她居然選擇出賣貞操來貼補家用這條路，這年代社會福利慈善團體比比皆是，只要一通電話馬上就有人送錢給貧戶，身爲貧戶的受益人連聲感謝都不用說，也不需要去對改善自己生活做什麼積極努力的改變，大體來講只要擺出一副眞的很窮困很可憐的樣子就夠了。會哭的孩子有糖吃，不會哭的乖孩子只會被淡忘，然後餓死，這是現今沒人質疑也沒人反省的價值觀，所以沒有錯誤可以批判。

七秒了，這電梯門開啓的方式跟老舊貨梯完全不同，它不會發出鋼板鏽屑被刮除的摩擦聲，也不會有開啓完成後門板跟側牆撞擊的搖晃感覺，反而比較像是流暢地滑進機體內就被壓縮了。

南角大廈的平面面積非常巨大，一百四十九樓就算已經堆滿貨櫃仍然不嫌狹隘，挑高的天花板、牆壁上布滿通風、排水管線，還有電路配版及拉閥式開關。矩形貨櫃倉儲沿著地板規線兩兩疊起，每個都有依照順序標記從一到五十幾不等的編號，如果分不清楚哪個編號是什麼內容物，從電梯口右轉就可以看見一個臨時辦公桌，桌面上用紙鎮壓著記事本，裡面詳細記載了各貨櫃的內容以及早、中、晚班任職清潔員工簽到表。

要挑衣服的話必須走進貨櫃中翻找木箱，就算是位於上層的貨櫃一旁也有樓梯可以攀爬。四周照明均勻且強烈，幾乎就跟中央區的百貨公司服裝專區差不多，唯一的不同是所有衣物都被塞得皺巴巴的，還有相互感染暈散的黑色黴斑。

「等一下妳自己慢慢找妳要的衣服，他們會把布製品用顏色跟材質純度分類以方便用不同方式化解，純生物性材質的那個貨櫃會是高級品。」

「有多少時間可以挑呢？」

「兩個小時，處理化學廢棄物的人員只會在西半側作業，四點半一到才會往東搭乘電梯至一樓。我們離開時只要去搭乘東北側的一般電梯到二百一十三樓就好，沒有危險性。」

小妹妹站立著把雙眼睜得好大，視線從右到左瀏覽這廣闊的空間，照理來說我應該獨自往前走向要找的貨櫃，卻被她奇特而微妙的表情變化吸引所以遲遲沒有踏出步伐。

這表情極有可能是因「絕望」所造成，她的絕望跟伊月的絕望感完全不同，伊月是缺乏自信、對別人面對自己的態度鑽牛角尖而產生外露的絕望；小妹妹的是一種對現實反感卻不得不隱藏情緒內省的絕望，這與我的某部分人格相似，我在她臉上看見應該屬於自己某個時期的低劣表情。

「阿樂哥喜歡穿名牌嗎？」看來她比我先回過神。

這問題很有趣，對我來說穿著材質良好、外觀漂亮的衣服是天經地義的事。「我們家很有錢，我們家是達官顯貴所以用好的穿好的是應該的。」這些都是母親生前常掛在嘴邊的話。

現在我還是爲了把自己打扮得跟以往一樣而在垃圾場偷竊，躲躲藏藏忍耐惡臭，最後把眞皮外套吊掛在窗邊的塑膠竹竿上，再用縫滿補丁的窗簾布蓋起防止天花板壁癌造成灰塵掉落。

「對，我喜歡。右前方那個二十六號，那裡有很多昂貴品牌。」

這是經過審愼思考的回答，在這種生活環境下我還堅持穿名牌就是眞的喜歡，不需要爲了怕被誤會生性虛榮而否認，雖然「名牌」兩個字是很迂腐的說法。

「我這輩子都沒有穿過名牌，我連吃飽都有問題。」

「妳媽媽不是在賣餿水嗎？那應該很賺錢。」

「不……當初爸爸偷廢棄物被抓到，只好跟高利貸借錢賄賂警察，太多了……我們怎樣都還不起。爸爸死掉之後媽媽得了精神病，用攪拌餿水專用的絞碎機把自己的右手指全絞斷了，現在無法工作……或許哪天我會放一把火把她燒了。」她說出令我感到詫異的話。

通常只要幾分鐘我就能完全看透一個人的個性，甚至是他不願意面對的、潛藏的人格。

從來到南角大廈經過地面到現在已經好久了，我卻沒辦法明確說出這十二歲小女孩到底是個怎樣的人，堅毅的？絕望的？城府深的？隨波逐流的？她有一點反社會，甚至是高傲的氣質。成長環境造成的外在因素影響會令人人格變異，如果我跟她有著同樣的成長環境與智商，或許今天能成就兩個眞正一模一樣的人。

「妳還想再去地面嗎？」

半密閉貨櫃內因爲空氣無法順利流通而悶熱，我們無聊的對談內容引起回聲在鋁板兩壁之間震盪，所以顯得更加乏味。

「我絕對不敢去，那裡不像地球上的情景，還有一點像地獄，某種類似無盡迷宮的刑罰。阿樂哥居然在地面賣早餐……好奇特，完全無法想像有人會在地面走動。」

「東區是沒有，所以我幾乎一年多沒收入了。」

這時我竟然找到一件有淺灰色條紋的白襯衫，還是用袖扣的。

「我什麼事都不懂，也沒有離開過東區，不知道中央區是什麼樣子？」

「中央六區是理亂堂幫派管理的區域，那裡有一堆酒店、妓院、電子遊藝場、賭場，還有五星級飯店、高級餐廳，夜晚非常熱鬧，跟東十三區完全不一樣。反正記得我說的，妳去跟任何一家店或是長得像黑道的人詢問『島深』就對了，我過幾天也會去中央區。」

從淺灰色條紋襯衫再往下翻找居然就有剪裁合身的窄版黑西裝外套，可見褲子也在附近，應該不會有富人只丟掉外套單留一條西裝褲下來。

「我決定了，明天就出發好了……眞的眞的很謝謝你。」

「不用謝，妳父親當初會走上這條路也多少跟我的家庭有點關係。」

我又在防毒面具下展露了略帶自豪意味的燦爛笑容。

小妹妹有一個極大的優點，就是當別人的回答是她所無法理解的，她也不會繼續追問下去。這是聰明人才有的察覺力，當然我指的聰明是跟其他老百姓相對比較之下的聰明。

又過了二十分鐘，我們找完所有需要的東西並把它們塞在預先準備好的紙箱裡再去搭乘上樓電梯，這樣看起來比較像一般清潔員都會做的搬運事務。從一百四十九樓可以隨意搭乘普通電梯離開，門鎖是單向的，這戒備一點都算不上森嚴。

我對了一下手錶，現在時刻是下午三點十七分，我們走近東北側的高速載重貨梯口按下上樓按鈕，這種外露鋼筋的紅色高速載重貨梯雖然也稱爲「高速」，但並無法達到七秒內從一樓直達一百四十九樓的速度，不過至少比那老舊貨梯要快上好多倍，外型也和四周環境比較相配。

「我挑了一件深紅色的小洋裝，材質是那種摺起來會亮亮的布。」

「是『絲質緞面』吧？好俗氣啊……不過對於妳要應徵的工作來說剛剛好。」

「阿樂哥爲什麼需要西裝呢？」

「有一個重要的長輩過世了，出席他葬禮時要穿。」

「阿樂哥有父母嗎？」

小女孩突然提出這疑問的動機很微妙，她不是問我爲何獨居在東十三區或是有哪些親戚，反而是劈頭就質疑我的雙親是否存在，對不是很熟悉的人提出這種潛藏攻擊性的問題可是需要果決的判斷力，或是徹頭徹尾的邏輯誤解，照她的想法推測應該是誤以爲我要參加父母的葬禮。

「我父母早就都死了，妳以爲我說的長輩是雙親之一嗎？」

「不是的，我是在下地面之前……看到阿樂哥脫下面具後的眼神才想到，你的眼神很有威嚴，但是不太直視別人，這是孤獨生活的人才有的特色。」

「所以是妳的直覺？還眞準啊……我母親在十幾年前死的，父親在二十幾年前就死了。」

「眞的嗎？那阿樂哥一直都是自己賺錢養活自己嗎？」她對於我早早就失去雙親感到訝異，不自覺又張大眼像乞討般抬頭望著，五官在疑惑中頓時流露出孩童的輪廓。

「大體來講可以這麼說，但是至今其中兩年又五天是給人民的稅賦養活的。」

當然她不可能了解我所指的是吃牢飯的意思，所以迅速撇開眼神不說話，精細的臉孔突然變得很沉穩、很早熟，一點都不像只有十二歲。

我一直緊盯著她充滿變化的面容，每當她把頭抬高一點點就馬上瞧見我的銳利目光而迴避，她說得沒錯，我沒戴防毒面具時的確不會直視別人，但是我現在已經得到一種莫名其妙、被刮花鏡片掩護的奇異安全感。

面前整排二十幾台電梯相繼交錯運作形成二十多軌不帶音階的單調頻率，各自上升下降就像毫無規則可言的生產線，佇立在它們面前僅有兩個乍看之下窮愁潦倒的落魄之人。沒有人知道哪扇電梯門會先被開啓，只好等在最中間的位置直到「叮」的一聲提示音響後才能準確衝過去，整個過程形同被這些毫無人工智慧的器械給耍了一遍。

踏進電梯後，我持續享受著用眼神強暴她的樂趣。

*

這個世紀初常常發生戰爭，大多是爲了搶奪原物料或糧食的小規模戰爭，稱不上世界大戰，也無法造成戰區外老百姓意識多大的動盪混亂。窮困民兵組成的游擊部隊配備簡陋自製武器在南區大廈間穿梭，由上到下利用一些丟汽油彈、縱火之類的低級招數大肆破壞，受不了高溫或過度害怕的民眾不得已而跑到地面短暫躲藏，民兵隨即跟蹤居民下樓後鎭守在地面出入口即可，沒有人知道除了自己下樓的那個出口外還有什麼地方可以回到大樓內，只能落得在地面晃蕩等死的下場，整棟大樓內的物產資源也就被白白搶奪走。民兵一直利用這種模式在他們所知道的、南區其中幾棟可通往地面的大樓內燒殺擄掠，把所有人趕下地面直到日落前一刻再撤哨，因爲這樣而消失於地面或著是說慘死的老百姓多達數萬人以上。

政府眼見事態過於嚴重，再不拿出魄力處理將會引起國際撻伐而影響高層官職的安危，才終於派出數架高空轟炸機在南區被佔據的大廈頂上投下炸彈，大樓瞬間被夷爲平地，連同裡面的人一起被炸死。

崩塌後的鉅量遺跡殘骸至今沒有被處理，雖然我沒有親身去過南區地面，但據當初得到的地圖表示這些瓦礫堆因爲長年受熱脹冷縮、夜晚旋風效應影響現在已經所剩無幾，新政府再等個幾年就會在舊址重蓋大樓以疏散過度密集的中央區人口。南區總會因破滅而新生，未經戰亂的東十三區卻永遠看不見未來，只能放任自己安然地墮落發臭。

回到南角大廈二百一十三樓的大廳，現在碰巧是清潔員的辦公時間所以顯得格外空蕩冷清，與方才初到達時完全不同，只有少少幾名員工在慢步走動，仿大理石材質地板也因爲沾上些微髒汙而沒有這麼透亮了。

走近連通國宅的短天橋後，我停下腳步把紙箱輕放在身邊，向上拉開防毒面具點燃香菸抽著。我沉靜地深吸一口氣才呼出裊裊白霧，白霧在廣闊的視界裡顯得很薄弱。

小妹妹乖巧呆站在左側，面無表情也不說話。我捉弄似的把一口煙霧往她臉上吐，她馬上瞇起眼還咳了兩聲，卻連位置都沒移動半步。

「妳不是應該還在念小學才對嗎？」

「我逃學了……乾脆逃學了，所以明天就去中央區比較好。」

「妳不照顧媽媽？」

「她有慈善團體在照料她……每個月都有救濟金可以拿，還有食物。」

「原來妳根本不是因爲無法生活才打算賣身的。」

從下顎肌肉可以明顯看出她的牙齒咬合得很緊密，那通常是在懷有不甘心或是正忍受某種情緒不想讓它爆發時的生理反應，覆滿未溢出淚水的雙眼就像包裹了一層透明半液化電導體，很透亮也很清晰。

「阿樂哥也是因爲太窮或是有不得已的苦衷才會住在那國宅吧？我也不想住在那邊……我聞不到臭味，可是在學校都被同學排擠，然後回到又髒又黏的家，看見精神有毛病的媽媽光著身子拿長蛆的木棍戳插自己下體……。」

小女孩生氣了，連拳頭都握得好緊，或許再撐不了多久就會放聲大哭。

「我當然也不是自願住在那的，我是逃獄的殺人犯。」

這裡是唯一做好異味防治系統的樓層，離開此處就得一直戴著面具直到睡覺都是如此，所以我打算多抽個兩根菸再走。

身處中央空調環境之下顯得相當舒適，勾起印象裡中央區豪宅的回憶；深夜，伊月背靠床頭櫃進入熟睡狀態，我穿著襯衫跟棉質長褲佇立在照明都已經關閉的客廳，寬螢幕電視機播出的是被調至靜音的新聞頻道畫面，千篇一律的報導化爲強烈亮光閃爍投射在整個空間，「搶劫」、「立法委員」、「股市」……部分低俗標題全都無差別貼映在外露肢體上，這時唯一能被聽見的是冷氣馬達運轉的持續震動，就跟現在一樣。

相較之下，在我身旁的小女孩顯得比任何時刻都更加靜謐，她的汗水不再從股間滑落，雙腿肌膚也變得緊實乾燥。

手上這根菸只剩下不到四分之一時，前方不遠處經過兩個同樣在搬運紙箱的清潔工，而其中一個停下腳步望了過來。

「先生，大廳是全面禁菸的喔！」

「是嗎？抱歉，我馬上弄熄，本來想多抽兩根的啊……。」我嘀咕著把菸蒂丟往地上準備踩熄的同時，小妹妹先一步替我做了，還蹲下身把被壓扁的菸屁股撿起丟進一旁垃圾桶。

我看見這出乎意料的舉動不由得開心大笑，伸出右手摸摸她的頭頂然後順勢把她緊抱進懷裡。我閉起雙眼深嗅一口氣，發覺她的毛細孔眞的會滲透出某種令人精神振奮的味道，就像坐牢時阿虎吐在我身上的乳黃色糊狀物。小妹妹完全沒有反抗，甚至是很安心地靠在我胸口微微啜泣，我不知道她爲什麼替我踩熄那根菸，也不知道她現在爲什麼啜泣。

所以我用左手扶著她的下巴，伸出舌頭反覆舔舐她的右臉頰。

清潔工人看到這情形就快步離開了。

我們倆獨自站在南角大廈第二百一十三樓大廳東向的某個垃圾桶邊，她雙手抓著衣角下襬很乖順地讓我輕舔她的每一吋面部肌膚，最後，我把舌頭硬塞進她嘴裡胡亂攪動吸吮好久才離開，隨即戴上防毒面具還不斷大笑出聲。

當拉著她走進通往國宅的管狀短天橋時回頭一看，小妹妹滿是唾液的面容顯得比剛剛更加不知所措，其實也只不過是右邊鬢髮變得濕漉漉地罷了。

「阿樂哥是爲了錢殺人的嗎？」她還是問了這個問題。

「不，是爲了幫那個人下定決心，怎麼說呢？『加工自殺』吧？但是我跟警察說是我殺的……也不是第一次殺人，只是這次剛好想自己去投案。」

「是很親近的人嗎？」

「是我一天到晚鬧自殺的憂鬱症妻子。」

時間晚了，在短天橋中抬頭已經看不見天空。

我們進入國宅大廈，只要再爬上七層樓的階梯就能到達頂樓，雖然很累人卻比搭乘電梯安全多了，國宅所有電梯的鋼纜線都已經斷了一半還在使用，要是運氣不好從二百二十樓墜下絕對必死無疑。

供緊急逃生用的樓梯間是半封閉式的深灰色空間，照理來說每層樓都會有一盞電燈泡照亮牆壁上用油漆塗刷出的樓層數，偏偏在這七層樓內有六層燈泡都是壞掉的，所以樓梯間看起來完全陷入黑暗，跟地面的感覺有點相似。我左手扶著牆壁，任由手指在移動中逆向剝除一片片壁癌而疼痛，小妹妹亦步亦趨跟在身後，還發出上氣不接下氣引人遐想的陣陣喘息聲，直至爬到二百二十樓的那一刻，就著微弱光亮才發現我的食指竟然被磨得滲出血來，這些血液被迫急竄出我的身體內部卻沿途停留在凹陷不齊的碎石子階梯上。

頂樓違章加蓋的樣子，像是用三層夾板塗上水泥漆硬是隔出一間間工寮，直線長廊兩旁就是每一戶人家的大門，也有點像廢棄舊醫院的病房樓層，只是地板都黏答答的。走道最底處是供公家使用的廁所跟浴室，基本上就是在糞坑旁的洗手檯水龍頭接上水管這樣簡單的構造，磁磚地隨時都是反潮狀態，靠門邊還被堆放一桶桶貼了名字、鑲了鎖頭的加蓋汽油罐，內容物通常爲這邊住戶家中擺放不下的廚餘堆肥。

我所住的地方是從廁所倒數過來第五個房間，小妹妹家就在隔壁的隔壁，那扇鋁製大門被雜亂地貼了很多閃閃發光的卡通雷射貼紙，應該是她幼兒時期跪坐在門前開心貼上的。

「阿樂哥……我可以跟你回家嗎？」

她這次眞的是在乞討什麼了，她的眼神透露出無論如何都不想走往屋內去照顧形同畜牲的母親。

「可以，但是我沒有可以吃的東西……」

在這句話語即將了結之際，我忽然間感受到一陣強烈暈眩，隨即下意識抓住她纖細的臂膀防止自己摔倒。

靈魂猶如被抽至眞空再吊了一根繩子離心旋轉，前額先是難以形容的極度疼痛；當我把頭倚靠在她身上時卻又因爲受到體溫包覆而變得輕盈，所有重擔在陰森惡臭的長廊盡頭分解，這一刻我突然很想用力嗅聞她頸間的氣味，像犯了毒癮。

「我血糖太低了……。」

「我去幫你買吃的！你先進去躺一下，我馬上買點吃的就回來！我還有媽媽沒用的救濟金！」

我沒有回答，只是一邊微笑一邊點頭，內心感受到某種羞恥。

當我把抓住她的左手放開時才看見血漬已經整片沾染到她的小碎花上衣，這低俗的紡織品又被黏貼上一片變形扭曲的巨大鏽色花瓣。

小妹妹攙扶我打開房門，看見這幾乎比監獄訪談室還窄小的昏暗空間連她也不禁發愣。地上有一件灰綠色薄被單、一台調頻式收音機、兩個可以拿來洗澡或是洗衣服用的塑膠盆、一個放著乾糧的小紙箱、營業用的菜籃車跟發電機，粉塵不斷掉落的天花板上有盞差不多也快墜下卻還用一條細電線死撐著的黃光燈泡，斑駁的牆面上有扇可以打開的窗戶，窗面被我貼滿預防夜晚強風吹裂的膠帶，再加上一旁用幾根塑膠竿簡陋搭製而成掛滿高級衣物的架子，這些就是我目前僅有的全部家當。

其中在二百二十樓高的樓層裝有可被開啟的窗戶實在相當有趣，有趣到不知當初蓋這棟大樓的建商到底居心何在？每晚旋風吹過，窗框跟窗架縫隙間都會產生將近爆裂的撞擊，幾乎再有強一點的陣風玻璃就會瞬間破碎、擊中熟睡的住戶。但這都還不是這扇窗戶最令人詬病的地方；對於身處如此困苦環境的人來說，只要將它開啟就會像受到催眠效應引誘一樣，自然而然燃起想一躍而下的衝動，甚至是與遠方大廈愜意對談的幻覺。

我的人格裡缺乏哀傷、憤怒、愧疚等等負面情緒，所以始終無法了解老百姓追求自殺的理由何在，伊月從沒有受過任何生理痛創卻仍不斷鞭打內心導致形而上的痛苦，自行把理智殲滅轉而尋求靈魂外的超脫，最後終究沉淪悲傷直到氣息停止的那一刻。

這一年多間，我坦承第一次體驗到某種茫然的恐懼感，貧窮、飢餓、被遺忘的恐懼感，甚至幾度在東十一區的漁婦面前，我成爲像阿龍一樣以拙劣說詞來包裝自己、圓滿自己的鱉三，拒絕承認自己僅是單單爲了保命而屈就躲躲藏藏過日子。

只要一靠近那扇窗戶就會沒有原因地把腦筋放空，時間靜靜流逝，直到因爲飢餓而暈眩才得以清醒，沒有情緒影響，純粹在身體苦痛的臨界點掙扎。

前天島深兄弟來告訴我中央區有好玩的事情發生，這好玩的事並不只是引起我的興趣如此單純而已，它還有可能是我選擇維持生命運轉的其中一個理由；另一個理由是我想生個兒子，不爲什麼，只爲了延續家族血脈，貴族的血脈並不會因爲被眾人否認而平白消散。

我把頭靠牆壁全身放鬆地躺在地上，對於坐過幾年牢的人來說要在堅硬骯髒的地板上入睡是很簡單的事。算一算自從前天島深兄弟來找我後就沒吃過任何東西，這種有一餐沒一餐的日子儼然成爲習慣，並不是因爲沒有美食可以享受所以乾脆不吃，而是眞的單純地因身無分文而餓肚子。

南角大廈可以偷到發臭的名牌西裝，卻無法撿到尚未發臭的食物。

十五分鐘後小妹妹回到身邊，她拿出塑膠袋中的白色紗布，跪坐在我左側還小心翼翼地把短裙拉齊。

「我先幫你包紮一下……不知道爲什麼你手指的血居然流到現在？」我在眼前緩慢舉起刮傷的左手，瞄了一下傷口才發現居然有一根生鏽的小鐵釘卡在裡面，可見在爬樓梯登上頂樓的那段時間內，陰莖勃起的狀態讓我連痛感都消失了好一陣子。

「啊……居然有一根鐵釘……。」小妹妹頻頻露出害怕而羞澀的面部表情，但還是躡手躡腳地用整捲紗布包紮纏繞我的傷處。

現在時間是傍晚五點半左右，再過一個多小時中央區的超高大樓就會升起，如果把這扇窗戶打開仔細聆聽可以隱約發現遠方傳來規律的幫浦充氣聲，那是一種音頻極低、人類很難察覺的微小音波。不知道是不是因爲我長期處於安靜無光的狀態，氣息已經跟地面相融，感官也異常敏銳，所以總覺得自己可以單靠聽力清楚辨識升降系統何時運作、何時歇息。

十六歲之前，我根本不可能想像到地面這領域居然在未來的生命中如此重要，那應該是專屬於廢棄物或亡命之徒的黑暗角落才對，不論就地形還是意識型態而言，地面都是社會結構的最底層，不見天日而且冷洌無比。

母親在怨恨中撒手人寰，一夜之間舅舅成爲當時未成年的我的唯一監護人，銀行、地下錢莊紛紛用暴力手段向他催討債務，不久後他帶著妻小跟整個公司的股票資金捲款潛逃，輾轉偷渡成功躲進西部共產黨領土而保住性命。

債主想要討回自己借貸出的款項只能從我身上榨壓，他們每天派人來學校等我放學，先是一陣毆打再強迫抽取血液拿去販賣。我一度尋求警方保護還向法院申請放棄繼承權，卻莫名地被黑箱作業駁回。最有可能的因素是人民輿論力量，十幾年前人民對於我父系家族的仇恨已經超過人道公平對待範圍以外，要是這世紀還有私刑存在，我可能會以身爲最後一名貴族的罪名而被送上斷頭台，然後在一旁觀禮的平民全部舉起雙手高聲歡呼，快樂迎接他們所謂眞正人人平等的新時代來臨。對於這些人的行爲模式我不覺得氣憤也不感到悲傷難過，純粹只是受不了肉體的疼痛才會做出掙扎舉動，掙扎失敗後就只好坦然面對一切殘酷對待。有時候我會嘲笑向我施暴的人，告訴他們這些凌虐方式已經了無新意，他們面對我的笑聲往往顯露出極度害怕的表情，誤以爲我是爲了要發狂復仇妄下誑語，可喜可賀的是我絕對不會跟他們有任何情感糾纏，我沒有仇恨這個情緒感官。

我第一次到地面時確信自己會死，況且那時就是因爲想自殺才會來到地面。

這件事發生在十六、七歲那段時期，當時我就跟現在一樣飢餓地癱躺在中央六區車站長椅上。身邊經過兩個身穿西裝，看起來像黑社會高級幹部的中年男子，他們叼著香菸在小聲談論有關於「地面」、「買賣」這些關鍵字的話題，現在回想起來才知道那兩個像島深兄弟一樣的人，是在思考於地面進行黑市交易是否可行這件事。但最重要的一點，是我偷聽到他們說出某個可通往地面出入口的所在位置。三十分鐘後，我來到附近的聯邦銀行大樓，那是一棟高六百七十五層，相對中央區其他建築物來說都較爲老舊的大廈，只要日出後一百四十樓以下都會潛入地底，第一百四十一樓自然會形成一個不知當初為何而設計的通地出口。

我花了一段時間循著那兩人所說的方向找到藏在警備室正後方的安全門，當走出那扇門的剎那我完全被眼前的景象震懾住發不出聲，日正中午居然沒有任何光照透入地表，一片黑暗下聽不見也看不見屬於有機生命體的蹤跡。我把雙手扶在地上緩慢爬行，身體覺得越來越冰冷，直至因喘不過氣而仰躺才看見天空構築成的線狀奇景。一旦腦內求生意識被完全封閉的外界環境壓迫到極限，再忽然接收超脫邏輯預想的真實影像，瞬間腦內啡快速分泌，腹部的絞痛、肢體的疲累、心智的萎靡一概消失。我轉而站起身子、前舉雙手用比平常散步略慢的速度沿牆角邊摸索邊前進，就算遭逢岔路還是一概直走。雖然不時能聽見高樓氣流相互擦撞的微弱音爆，但當時我並不知道那是什麼原理造成的詭異現象，所以情緒顯得格外激昂，像是被注射了高純度興奮劑一樣。又過了好久，四周體感溫度直線驟降，我更加相信自己會在如此的愉悅中停止呼吸，從此以後再也沒有形而下的疲累跟呻吟，超脫心智外的劇痛跟傷害糾纏這曾經被視為尊貴象徵的血肉之軀。

那一刻，前方忽然出現一個聚光亮點，隨即是腳步聲。

亮點直直照射在我臉上，已經習慣黑暗的瞳孔被迫縮小，我用手臂擋住雙眼，試探性發出人類的語言：

「是誰？」

「是誰？」

對方其中一人跟我說出同樣的語句，所以我可以確定自己還處在眞實空間內，並沒有因爲混亂高昂的思緒而陷入迷幻。

等到眼睛逐漸適應光線後，終於看見兩個身型粗壯的男子，一個拿著手電筒，另一個則正把槍口指向我，他們的表情都顯得比我還要緊張許多。

「不要開槍，我沒有打算被槍殺。」我戲謔地化解肅殺的氛圍。

「你是誰？是學生嗎？怎麼會在地面？」

「我肚子餓來找東西吃。」

「地面怎麼會有吃的！」

「請問可以告訴我怎麼走回去嗎？碰到人類是意料外的事，我沒有心情了。」

拿槍的人聽我說完話後回頭看了一眼拿手電筒的人，拿手電筒的人點了點頭，拿槍的才對我表示可以無償帶我回出入口，事實上他們也正要回中央六區。那兩人都穿著滑稽的淺色紙漿製圍裙，在腰間、胸口都沾有大塊未乾血跡，當然我也是往後才知道他們就是收錢辦事的職業棄屍人員，初中一年級時我們就是花了三十萬請他們這種人處理麵包店小姐的屍體。

所以，以上我想表達的是，我終究奇蹟似地沒有死在地面。

「阿樂哥要不要吃麵包？」

「麵包？不用了，與其叫我在這邊脫掉防毒面具還不如餓肚子。」
「都不吃東西會死掉喔……。」
「我沒有這麼容易死。」我一直有種活不了太久的預感，卻又知道自己沒這麼容易死。就是從那次自殺未遂後，我才開始跟島深弟借錢熬過難關，也還眞的熬過去了。
「阿樂哥到中央區後，我可以去找你嗎？」
「我有空會先去找妳。」
「好。」
「等過了幾年，妳有懷孕的能力，就幫我生個兒子。」
「好。」
她就這樣斬釘截鐵地答應了。
小妹妹因爲入夜的涼意蜷曲著身子，我用被單把她整個包裹住只露出一部分慘白嬌嫩的側臉。這時窗戶開始抵不住強風而劇烈晃動，還不斷發出駭人聽聞的巨大撞擊聲，但都已經撐過了這麼多個夜晚，它應該不至於在今天此時此刻碎裂。
我承認我存活至今主要是爲了一種動物性的繁衍，講起來令人匪夷所思的是這低級行爲總是跟感官刺激牽扯在一起。
十八歲在監獄認識的哈密瓜人曾對我說：「人民需要一個神，你可以成爲那個神。」今天這個餓昏頭的神明很想去撫摸懷裡十二歲小女孩尚未發育完好的乳房下緣。

我想替她開苞，不過要在一個論年齡可以當女兒的人面前掏出勃起的生殖器實在有點困難，雖然我還是會在她面前勃起。下地獄的事情交給哪個願意花錢的大爺去做就好，畢竟她即將成爲商品。

哈密瓜人

新曆二十一年六月十日・下午三點〇〇分・中央二區理胤堂幫會所

理胤堂幫主還在世的話昨天剛滿六十七歲，事業要達到輝煌巔峰才差那麼臨門一腳。當初他創立理胤堂的目的只是為了在物資拮据、民不聊生的年代喚起青少年集體意識，用光聽就很可笑的「義氣」兩個字加強同儕間向心力，消極抵抗政府官員、富有人家對平民百姓的無理壓榨。不論初衷多麼單純的團體一旦壯大起來就會產生敵對組織，兩者相互惡性競爭下淪落為企業化經營、以高額獲利為指標的地下產業結構的一分子。地下經濟原本就不屬於黑幫統籌項目內，反倒是單打獨鬥的軍火販、毒梟、淫媒，這些在法律管轄範圍外求生的商人才是創造「黑市」的人。黑幫就如同外來物種一般強勢介入原先維持已久的平衡，逼迫所有成員必須用生命效忠自己大哥的名譽，或是極刑處罰曾經宣誓服從卻違反規定的背叛者。商人們受到威脅利誘不得不進入其下，於是就奠定了黑社會的醜陋原型。「義氣」兩個字徹頭徹尾都跟他們的行徑沾不上邊，仔細省視現今以公司名義系統化管理，一半合法、一半藏匿在檯面下，這種為了擴張事業版圖的卑鄙策略，就知道黑道再也無法苟延殘喘維持最初那分道統。

我並沒有遵循島深哥所要求的提早到達會場，今天正午十二點多我才從東十三區緩慢出發，沿途經過十一區還婉拒了一位漁村大嬸的午餐邀約，當然她不只是要邀請我一起吃午餐。

現在下午三點了，公祭儀式早已經結束，原本被布置成靈堂的中央二區理胤堂幫會所又大致變回幫會所的樣子，跟地方政府的鄉民活動中心相同，但是裝潢品味更低俗一點。石英磚地板上散落許多弔唁用的白色菊花花瓣，拆除鷹架的工作人員來回走動不經意把它們踐踏濕爛，價值不斐的金色真絲地毯也都皺得跟醃漬過的醬菜一樣，當初絕對會嚴厲叱責他們：「混蛋！小心一點！」的人終於變成屍體，相形之下這些後續細節也不需要在意。

從供懸掛輓聯而設的鐵勾數量看來，有不少政商名流到此致意過，其中應該不乏警察署長或是營建局長等等黑道產業相關人士。聯邦政府官員能成功控制民心的其中一個關鍵在於圓融的處事風格，他們會協同大眾傳播媒體宣揚打擊犯罪、對抗非法分子的政績理念，私底下卻又跟黑道密切往來以維持平衡，而議員、立委等民意代表就是湊合兩者的皮條客，不論是嫖客還是妓女都因爲有利益可圖而皆大歡喜。

被嫖過越多次的黑幫大哥死後能得到越多的輓聯，由此見得理胤堂的政商關係十分良好。

我在整個會場範圍內都沒有看見島深兄弟的蹤影，倒是有許多初加入組織的十幾歲青少年在清潔打掃，他們穿著尺寸過大的黑色暗花絲質襯衫搭配西裝褲，頭髮上還抹了一層像腸液般油滑的詭異透明凝膠。

我直接走近其中一個手拿著拖把、臉上比較沒那麼多青春痘疤的少年。

「請問一下，島深在哪裡？」

「您是哪位？島深大哥去陪幫主家人處理火化的事了。」

他光是聽見「島深」兩個字就像觸電一樣聳了肩。

「兩個人都去了嗎？」

「是的……您是哪位啊？」

火葬場距離中央二區大約四十分鐘路程，他們把遺體燒乾淨再送家人去幫主宅邸也花不了太多時間，我只要像個老頭在這邊閒晃一下他們就會回來了。

本來已拿出準備撥號給島深弟臨時借來的破爛手機，這時又被塞進口袋裡。

理胤堂幫會所後方有一座造價昂貴的人造庭園，搭建時不知從哪裡移植來幾棵樹齡超過百年的國寶級松樹、柏樹，淺茶色草坪地上鋪了方方正正的石板台階供人行走，四周圍繞著乾枯竹桿作成的籬笆及凳子。平常只有幫主、幫內大老跟園藝工人會在那座庭園裡出現，但有一次身爲外人的我居然單獨被幫主邀請來散步聊天。他是一個蓄著鬍子、個子矮小，身段卻非常柔軟的老年人，說話時帶有濃濃南方口音，要是不豎起耳朵仔細聽還會辨認不出少數幾個語助詞的含意。他對我的態度相當客氣，還要我稱呼他爲「松老」，說是因爲他喜歡賞松樹、養松樹的關係。那次對談約會連島深兄弟都不知情，事實上這個老頭還特別告誡我不要把私下見面的事告訴島深哥：「他的優點是什麼事情都做得很好，缺點是什麼事情都想做，所以乾脆不要讓他知道太多。」當我聽到這句話的同時腦袋裡瞬間閃過「恐懼」兩個字，不論對島深哥還是松老來說，他們兩者間必定有某種不足以對外人道的嫌隙，比較特別的是我從來沒聽過島深哥對他的老大提出什麼負面言論，或許從剛加入理胤堂開始他就在默默運作類似改朝換代的行動，長期屈就於別人權力之下不是他的作風。之後松老自顧自地跟我說了很多關於成立理胤堂的發展及細節，包括四十年前他是跟著哪幾個青年義士勇敢與政府軍抗爭到底最後其他人從容就義的故事，這些故事剛好跟我母親所講過的呈現完全相反的兩面說詞，所以早年黑幫的英勇事蹟聽在我耳裡顯得格外俗鄙。

「阿樂，我知道你的眞實身分，要你加入我們幫派是不可能的，但是我只希望你幫忙完成一件事。」

聊了兩個小時，他仰頭飮下一杯剛沏好的凍頂烏龍茶才說出重點。

「要我幫忙什麼？」

「我拜託你一定要毀了黑道。」

今天我又坐在這枯竹凳子上抽菸，還不時有人戰戰兢兢地來說這是不對外開放的庭園，強制驅趕我離開，我只回答同樣一句：「島深回來了就叫他們來這，麻煩你了。」

這些小弟聽完話通常會不知所措的摸摸鼻子走掉，我也很驚訝於島深兄弟在下屬眼中地位的崇高程度。現在松老已經化成灰燼，然而不論對理胤堂還是正文組來說或許都不見式微的徵兆，數年前這一席對話卻始終在我的腦海裡打轉，不是因爲它有特別的寓意，而是它跟我過去曾得到的某個既特殊又沉重的請求相疊。

十七歲的生活在心理層面來講算不上辛苦，島深弟的借款不是被我拿去還債就是買菸抽，從第二學期開始就不再到高中教室上課，即便如此校方還是寄來一份說明我被保送進聖尼爾大學理工科的文件，那份文件不知道在哪一次的酒醉狀態下被搞丟，清醒後我也沒有花任何時間去尋找。長期飢餓加上被迫抽血導致我的身材瘦弱，原本也不擅長運動，動不動就會因過度疲勞而昏厥。空閒時間除了抽菸、飲酒、手淫外根本不可能去從事任何勞動工作，所以我的心情總是維持在輕鬆悠閒的狀態，不對現狀作出任何反抗行為。中央六區靠南有一個電器商場，其中五百樓到五百一十七樓都是來自世界各地高科技電子產品的展售中心，每天晚上八點整我會在其中一台大型投影電視機前席地而坐，剛好觀看知名主播播報的整點新聞，會挑中那台電視機只是因為我家以前也有一台相同的，操作方式或可視畫面都比較容易習慣，我希望在窮困之際至少維持最底線的生活習慣。

根據日復一日的社會新聞內容可以得知，戒嚴時期最常發生的民眾犯罪案件是小額偷竊，那是因為新制規定不會引起他人恐慌的觸法行為就不會被加重刑罰，被警察抓到的話可以自由選擇拘役或罰金了事。沒有老百姓會想被關進環境極差的舊監獄裡，但是不時傳出逃獄或人犯病死的南區舊監獄對我來說卻相當有吸引力，光用想像就知道睡在那令人長濕疹爛瘡的地上會有多麼劇癢難耐。類似苦行僧的邏輯，當肉體接收的痛苦遠超於意志力能承受的範圍就會產生至高的愉悅，到此為止是受虐狂追求的境界，若要達到真正的極樂還必須跳脫所有情慾成爲無感之人，這才能瞬間昇華自我層次進入超然領域。我的好奇心很強烈，最害怕的就是透徹了解所有事物，當那名主播從她水嫩的雙唇脫口說出：「南區監獄在今天又發生一起集體逃獄事件……」監獄頓時成爲我在這悲慘人生之際最想「進入」的地方，我想知道俗人到底是在逃離什麼，不可能只是爲了投奔自由這麼無趣的理由。

高中三年級的島深弟已經是進出警局看守所的常客，他總是毫無理由犯下毆打他人的傷害罪。有一次他帶著錢翹課跑來中央六區車站找我，眼神看來毫無生氣，就像厭倦所有循規蹈矩的世事一樣。我向他推銷搶銀行的點子，還花了好長一段時間說明要是看見受害者驚恐倉皇的表情會多有趣。

「我對別人恐懼的反應沒什麼興趣。」一開始他就很乾脆的否定這個計畫。

我只好對他坦承自己單純是想去監獄看看，找樂子是所能想到最合理的假搶劫理由。

「如果是爲了坐牢我就有興趣了，要找我哥哥一起去嗎？」

「你哥哥比較難說服，問問他，了解他的意願就好。」

「我會用你剛剛講的那個，純粹爲了嘲笑人的理由跟他說，他一定會一起去。」

島深弟很了解他哥哥人格中的弱點，就是想要在同儕中積極展現自己思緒邏輯的特殊，例如高中生都在看科幻冒險小說，島深哥就會先看遍所有存在主義小說再爲賦新詞強說愁一番，這樣他就會認爲自己在同年齡學生裡是思想比較成熟、憂鬱的。我提出這爲了追求精神刺激而搶劫的理由乍聽之下非常牽強，但對島深哥來說這行爲絕對充滿意識流的作風及深度，只要我跟島深弟不說破，他永遠不會知道自己被當成可利用的笨蛋。

往後我只要提起這段搶銀行的事件，都會歸咎於單純變態的理由，詢問者也不會有多大質疑，就像二十七歲時遇到的輔導者林牧師也沒有任何異議，他可能還會誤以爲我很浪漫。

十八歲，我們三人去玩具城花三百多元買了幾把硬質塑膠做的玩具槍，順利看到因假槍而驚叫的扭曲顏面，順利被判處說短不短的兩年有期徒刑而進入南區監獄。我被獄方刻意分發到距離島深兄弟二十層樓遠的牢房，以避免三人在獄中共同謀略不軌行爲，這幽靜正合我意。生活環境又擁擠又悶熱，獄卒態度凶惡但也不至於慘無人道，頂多用老虎鉗拔斷指甲或灌食糞水，凌虐程度距離鬧出人命還很遙遠。雖然無從得知島深兄弟受到何種對待，但我自己在服刑期間完全沒有被欺負過，牢友還頻頻稱讚我是個健談爽朗、常保笑容的角色。跟第二次坐牢遇到阿龍、阿虎時一樣，我從以前就很喜歡跟腦筋不太正常的人聊天，剛好與我同房的一名死刑犯完全符合世俗腦筋不正常的條件，他的外型很特殊，身材癡肥到介於人類和肉塊之間，所有皮膚布滿凹凸傷疤，看起來就像哈密瓜球體表面的不均勻裂痕，所以我給他取了一個「哈密瓜人」的綽號。

哈密瓜人很容易冒汗，就算冬天室內只有攝氏十二、三度，他也會像尊彌勒佛坐在牆角邊喊著：「好熱……好熱……」他說他入獄前住在地面，地面就算是盛夏正午也沒有這麼炎熱。他還有很多居住在地底深處的好友，大人小孩都是瞎子，也跟他一樣習慣寒冷。

那是我這輩子第一次聽見關於有人長期生活於地面的說詞，還半信半疑地跟牢房內某個常出入地面的黑道人士求證，那個黑道人士不屑地笑了笑說：「要是地面眞的可以住人，我們也不用被情報販敲詐成這樣了。」這也是我此生第一次接觸地面黑市交易跟情報販子的話題。

我跟哈密瓜人說我曾經去過一次地面，覺得很興奮也很愉悅：「我以爲自己會死，結果卻沒有死。我還想再去，也希望有朝一日可以眞的死在地面。」

「不要害怕，總有一天會有神明降臨，解救所有人民。」

「什麼時候會有神明降臨呢？」

「人民需要一個神，你可以成爲那個神。」

「要怎樣才能成爲那個神？」

「人民會需要神提供一盞明燈跟糧食，還需要一個標的。」

毫無眞實性的對話充滿玄學意味，我開始不覺得他是患有重度精神官能症的宗教狂熱分子，他的說法超越我從小到大曾輸入大腦編排的事物認知，甚至帶有深層催眠程度的說服力。

整整快兩年我都在跟哈密瓜人聊天，與其說是聊天，還不如說是我畢恭畢敬地向他請教問題。他的形體汙穢不堪，過度肥胖造成行走困難，大腿底部長了一塊塊滲流出膿血的褥瘡，所以隨時都有蚊蠅圍繞在四周等待他腐化，看在我眼裡他簡直像具肉身菩薩一般神聖莊嚴。

當我詢問他身上大量傷疤的由來時，他只反問一句：「你手上不是也有一堆針孔？」就讓我啞口無言，聽他說話跟印象中處在地面的切身感受完全一樣，猶如注入高壓氧或興奮劑，監獄的瘴癘之氣一概消散，取而代之的是超越恆久的飄忽感。

他在被處死前的第三天用木炭跟牛皮紙畫了一張極度錯綜複雜的全國地面地圖，起初我完全看不懂地圖上符號代表的意義，被特別標示出來的地點實在太多。

「這些叉叉符號都代表可以通往地面的出入口位置，其中這幾個圈圈是你可以長時間停留、成爲標的的地方。」

「現在地面很難長時間停留了，黑道都在地面進行非法交易，他們會殺掉可疑的人。」這情形是向同房那個黑道人士詳細詢問得知的。

「那拜託你一定要毀了黑道。」

說也奇怪，哈密瓜人在被處刑前一天就猝死了，清晨起床鈴響之前我被揮之不去的惡臭熏醒，才看見哈密瓜人褲襠下有一大片脫肛流出的糞液，雙眼也沒有闔上，之後來了五個獄卒才能把他沉重的屍體順利搬運走。哈密瓜人曾跟我說過的話有很多已經超越我所能理解的範圍，這段期間我總把那個黑道人士當作解籤人，就算拿到手繪地圖後也不吝給他鑑定，當時他雙手捧著地圖露出極度貪婪的眼神。

「這就是地面地圖嗎？這是真的嗎？有了它就可以賺大錢啦……。」可惜單憑他的智商一輩子都無法把這張地圖默記下來。

我相信哈密瓜人畫出這張地圖的目的並不僅只於讓我做生意，他的身世來歷都令人存疑。起初我還單純的以為他就是一名優秀的前地面情報販子，因為誤觸太多軍方機密文件而被判處死刑，但往後才從黑道高層得知先前沒有任何一個人比我更了解通地出口位置。他的說詞模糊難懂，我也只能謹照他的遺願一天八小時停留在地面，提供食物、標的、明燈，至今已經好多年了，卻沒有發生任何出乎意料的事，或是遇見非法分子之外，他所屢屢提及的「人民」。

松老跟哈密瓜人都懇求我毀了黑道，他們請託的出發點完全不相同，松老只是希望違背初衷的黑社會運作體系能在這個世代被了結，哈密瓜人的理由則似乎跟地面有極大關聯，我始終無法想通這個關聯而長年耿耿於懷。要不要去完成沒有白紙黑字簽定的契約照理來說取決在自己，但從得知松老過世後就有另一股奇異的預感在萌芽，像詛咒，事件自然而然會隨機發生在四周，逃也逃不掉的無力宿命令人產生高度期待。

菸灰被我隨意撢在庭園的石板台階上。

石板台階在我抽完一整包菸後隆起小小的、如同墓地隨處可見的丘陵，直視前方就是一棵枝幹粗壯的古松，對毫無藝術情懷的人來說實在很難找出任何一點它值得被玩賞的地方，而藝術情懷是世俗的。

將近天黑島深哥才帶著抱怨的神情單獨走到我身邊。

「我弟弟以爲你不會來，就不知道跑去哪了。」

「他大概心情不好去找人出氣了。」

「你第一次來這庭園吧？這些松樹眞漂亮啊……。」

「是啊。」我當然不是眞心回答的。

「大哥是六月一日早上十點死在地面的，有一場鉅額海洛因交易在中央區靠南區邊境進行，賣方要求雙方老大親自坐鎮，正文組就派個狙擊手把兩人都幹掉了。」

「玉石俱焚啊……？聽來他們接不到這筆交易也不想讓理胤堂有機會完成。」

「三十分鐘後，有參與交易的其中幾個人倉皇回到大樓內，就說大哥的屍體消失在混亂的黑暗中，我跟弟弟立刻派了大批人馬搜遍地面也沒看見屍體。」

「你剛剛不是去把屍體火化了嗎？」

「當然是假的，只是要安他家人的心，大嫂一慌張起來就很煩人。」

島深哥坐下開始抽菸，地板上的小丘陵也越堆越高。乍聽之下他眞的有誠意跟我解釋所有事情發生的詳細經過，事實上是羞於請求我幫他處理無法解決的問題，轉而利用勾起他人好奇心的方式讓我主動介入。幫主的死對他而言値得慶幸，要不是有後續預料外的突發事件出現，他也沒必要花工夫把我引來葬禮談話。

「正文組的人往後幾日都聲稱在地面看到我們大哥，還有些人交易時被莫名滅口，我們自己的人倒是一切安好，只是對方不斷傳出理胤堂大哥還活著這件事很令人頭痛。」

「你認爲呢？你自己覺得幫主還活著嗎？」
「我不知道，地面有可能躲人嗎？他不可能在大樓內，全國都有我們的眼線二十四小時搜索，要是躲在地面就超出我們能力之外。」
「地面夜晚不可能活人，如果你有需要我可以去調查，但是請先把過去一年安排交易的佣金還給我，還要加利息。」
「沒問題，另外我必須告訴你，很多目擊者看到大哥跟長相奇特的人類一起出現，據他們形容是像怪物一樣。」
接下來他輕蔑的歪嘴一笑，開始闡述從事發到今天爲止所有未經證實的傳言。
六月五日島深兄弟來東區找我那一天，正文組派出新入幫的情報販帶領大批人馬荷槍實彈前往地面清查，範圍囊跨整片中央區跟南區，其中負責南區的十人下午五點半將近大樓升降前在某棟被炸毀大廈遺址附近失去通訊，隔天那個情報販同一時間前往同一地點查看也完全毫無所獲，倒是少數曾在地面看見怪物的人指證歷歷，說那十人絕對是被一種體型臃腫、光溜溜裸體在地面爬行的近人類生物擄走。於是正文組陷入一片神祕恐慌，沒有任何人願意前往地面進行黑市交易，當初冒然策畫暗殺行動的大哥，也就是伊月的父親被多數成員大舉批鬥，現在隨時都有被迫退位以示負責的可能性。敵對幫派崩潰近在眼前，從身爲代理幫主的島深哥眼中卻看不出太多悠哉氛圍，他相當在意松老依然存活的這分可能性，松老是帶領他在理亂堂一步一步往上爬的恩人，也是阻擋他達到事業巔峰的絆腳石，而幫主未死躲藏在地面的謠言甚囂塵上也將間接引起黑市震盪，只要謠言未被破解的一天島深哥就不可能輝煌發展，我看得出來他那輕蔑的歪嘴一笑帶有多大恐懼，就像被自己老闆擺了一道卻不知所措。

他找上我的主要原因是我是對全國地面結構最熟悉的人，次要原因是這次他得親自上陣。

「如果眞的找到大哥了，我必須偷偷把他作掉，然後編一個某人當時就把大哥屍體藏到南區某棟建築內的謊言。」

他坦承需要値得信賴、不會外洩消息的夥伴，所以就是十五年前分屍麵包店老闆女兒這三人。

我完全沒有被島深哥逼迫參與此事的感覺，我自己對調查帶有神祕超現實感的事件很有興趣，剛好這也在我專業所及範圍內，最重要的是還有高額薪資可以拿。二十八歲走進世俗所謂人生谷底的我有孤注一擲的衝動，跟對黑幫、對好友負責無關，也完全沒有牽扯到贖罪或愧疚之類卑劣低下的感情誘因，不管他終將用什麼手段制止傳言，以結果論而言都會造成黑幫再度興盛，幫這個忙就等於違逆松老跟哈密瓜人的沉重請託。我沒有簽下白紙黑字的契約，甚至沒有答應他們眞的要毀壞黑道。我打從心底瞧不起黑道，現在卻只有成功企業化經營的黑道可以賦予我吃好的、用好的膚淺生活。

身上筆挺的西裝不知道花了多少清潔劑才洗滌乾淨。

前日，我飢餓地蹲坐在洗臉盆前徒手搓揉這襯衫，連最後一滴力氣都用盡才得以暫時脫離揮之不去的惡臭。如果違背良心是擺脫貧窮的唯一途徑便不需要花任何時間作出抉擇，更何況我根本沒有「良心」意識，那是另一項專屬於平民老百姓的道德元素。

「能看到你沒戴防毒面具的樣子眞好，還有，這套西裝很好看，只是你又沒有參加公祭儀式何必穿這麼盛重？」

「今天是你要請我吃飯的日子當然盛重。」

「好，我今天請你吃飯，沒想到阿樂居然也有被我請的一天。」

島深哥諷刺性的回答並未對我造成心理創傷，他不知道過去島深家已經借了我數千萬之多，現在如此刻意嘲諷只會凸顯自己的無知，好在我不是一個容易熟記負面回應的人，我也眞的很想吃頓好的。

「前天有一個女孩來找我弟弟要工作，她說她是你介紹來的，你認識這號人物嗎？」

「認識，你幫她安排到哪家店了？」

「那女孩看起來陰毛都沒長齊，身上還有一股酸臭的怪味，不過臉長得很可愛，所以我把她先放去六區最大那家酒店當遞毛巾的小妹，往後要怎麼接客就交給老鴇處置。」

「對她好一點，她才十二歲。」

「把一個小學生拿來賣，阿樂你眞的會下地獄啊……。」

我很誠心地希望他對那小妹妹好。

*

過胖的哈密瓜人不太移動位置，晚餐鈴響後從牢房步行到餐廳這段路程對他來說相當吃力，我會攙扶在他左側，緊貼他腋下的右肩不斷磨蹭粗濃汗濕的腋毛，然後至少要比別人多花幾分鐘工夫才能到達警備鬆散的食堂。晚餐內容大概都是鹹粥、羹湯之類簡陋的食物，但是很少有人會把注意力放在吃飯這件事本身，獄卒都跑去打牌抽菸了，這三十分鐘理所當然成爲策畫逃獄、鬥毆的好機會。南區舊監獄每個月都至少有十人趁亂逃脫，成功存活的逃犯卻沒幾個，行經地面時如果迷路了就落得原地打轉直到日落被凍死，屍體也會消失，因逃獄被列爲失蹤人口的次等公民絕對不會有警察花時間認眞尋找。我向哈密瓜人仔細訴說發生在常人身邊的瑣事，還有令人百思不得其解的社會現象。雖然我始終沒有告訴他我的眞實身分，但還是把從世紀初以來國家政體的運作、改革、戰爭歷史都照順序講解了一遍，他聽得津津有味，就像從外星世界或是冰原凍土中挖出復活的古人一樣，他從來沒有接觸過大廈內發生的一切，也沒有受過國家正規教育，他甚至不識字，如此的一個廢人爲何能光憑記憶力就徒手畫出極度精準詳細的全國地面地圖？往後的日子我都是在大量疑問中度過，也自然而然淡忘肉體處於惡劣環境所承受的苦痛。

哈密瓜人對我很好，像家人一樣，我不了解普通家庭親戚間的相處模式，卻能感受他擔心當時尚在發育期的我有沒有吃飽。剛入獄沒多久的某一天我扶他緩慢走進午餐食堂，兩人滑稽的樣子看在別人眼裡就像一隻快餓死的瘦皮猴架著千斤神豬一般可笑，犯人紛紛把果皮、菜渣砸到我們身上，還有人把鐵碗也丟了出來卻因爲正中哈密瓜人充滿脂肪的肚腩而彈回去打到自己，全場在騷動中捧腹大笑，滿頭滿臉湯汁臭汗的我們也跟著胡鬧起來，反覆來回走動當個任由眾人攻擊的活靶。

哈密瓜人被如此情緒感動卻長嘆一口氣：

「要是地面的人民也可以這麼歡樂就好了。」

「地面的人民過得很苦嗎？」

「他們不得不靠吃人活命啊……。」

坐定位子後他充滿憐愛地把半份粥汁都擀進我碗裡。

松老也對我很好，他約我走進這庭園時是我事業最有成的時期，當下光隨便成功安排一件交易就可以抽成百分之三十的獲利，身兼最大毒梟及軍火商的黑道幫派每筆買賣至少都有近千萬元收入，非法暴利使我短時間內彷彿回到幼兒時的生活品質，松老明知道我是他用盡其生相抗衡的貴族遺種，卻還把我當成難能可貴的忘年之交，給我錢的同時也給我尊嚴。

出人意料的，尊嚴對我來說是極其遙遠的兩個字。

「您為什麼會約我來談這些陳年往事呢？」

受寵若驚的我坐在枯竹板凳上向那老頭提出疑問。

「我想這些黑道歷史你早就知道了，你應該覺得我的說詞以吹噓居多？」

「有那麼一點。」

「越聰明的孩子受過越多傷，越會失去人性，不過你應該也覺得『人性』很低下吧？你的身心都太辛苦，總有一天該休息。」他凝望著其中一棵松樹頂微笑飲下熱茶。

我低頭看見自己身上外露的傷疤，針孔、刀痕，一道道都是受盡恥辱換得的深刻痛楚，我卻異於常人毫無面對悲慘回憶的心理障礙。我始終相信母親所諄諄教誨的：這都是因為阿樂從出生那刻就注定跟卑劣百姓徹頭徹尾的不同，上帝賜予這條血脈享有不帶負面情緒的尊貴特權，還有能恣意踐踏眾人人格的優秀基因。

但就在松老如此說完的同時我切實感受到發自內心的悲哀，雖然只維持了短短幾分鐘，卻低俗地頻頻苦笑，松老也跟著我一同苦笑。

所以他對我很好。

*

島深哥拿起電話預訂附近營業至深夜的昂貴餐廳，他跟客服人員說的是三個人會在晚間九點半準時抵達，由此見得我必須先幫他聯絡上他弟弟才有免費大餐可以吃。

「島深，我有問題想問你。」

「什麼問題？」

「以前坐牢那時，你們兄弟有被獄卒打過嗎？」

「完全沒有，我們跟同房一個理亂堂大老混得很好，他在監獄內很罩得住，也是他引薦我們入幫的。」

「現在這個大老在哪裡？」

「死了。」

「你幹的嗎？」

「嗯，叫我弟弟去做的。」

這應該是在松老約我見面之前發生的事，我現在突然能理解過去很多狀況的因果關係，包括松老談論島深哥這個人時隨侍在旁的無奈及懼怕。

＊

七月十四日，中央二區的仲夏清晨，我在享用完自助式早餐後走回位於六百二十樓的飯店套房內，隨即接收到客房服務人員傳送的簡短匿名紙條，內容大約是關於某人想約我中午前往地面進行祕密會談，對方將有兩名與會人員，都不可以隨身攜帶攻擊性武器、錄音、監聽設備。他還細心地附上一張畫出約定地點所在位置的小地圖，這種以圖象標示而非寫明座標、地址的風格一看就是情報販子所為，對於即將見面的其中一人我已經有明確臆測對象。

理胤堂花錢供我住在五星級飯店長達一個多月，期間我只專心致力於一件事，就是調查幫主存活地面的可能性。每天我會遊走在中央區跟南區上百個通地出入口附近，遇見要前往地面的人就向他們詢問關於地面怪物的情報，但獲得的大都是以訛傳訛過度渲染的錯誤資訊，連起初目擊者所言形同赤裸人類的怪物也都轉變成二十公尺長的巨大蠕蟲，這種只有在低成本科幻電影中才會出現的誇張形象居然令不少人心生恐懼。如果眞的有怪物存在必定跟哈密瓜人所說在地面生活的「人民」有些許關聯，這些人民處在不見天日的地方自然沒必要穿著衣物，地面毫無生物蹤跡也逼迫他們不得不靠吃人生存，到了夜晚極寒狀態就像盲鼠一般躲藏地洞中逃過強烈旋風。但是為何從六月一日開始才發生幫派分子在地面遇害的事件？為什麼只挑上正文組成員下手？如果地面人民早就存在，以往為什麼從來沒有人目擊到？哈密瓜人到底要我為人民做什麼？松老跟地面人民是否有連繫？松老跟哈密瓜人之間是否有連繫？

一旦開始推理這些愚蠢問題超過十分鐘，我一定會用巴掌重毆自己左右臉頰，接著不可自拔地笑場。

並不是嫌這些想法太幼稚，而是隨便任何一個智能不足的小混混聽過哈密瓜人的談話，再接觸到地面怪物的傳言一定也會有此推論結果跟疑問，此時此刻我是因為發覺自己居然有相同於平凡老百姓的邏輯思維而覺得恥辱。但要是眞的平凡老百姓則絲毫不會感到羞赧，甚至還會進入調查超自然現象所產生心跳加速、血壓升高的無名高潮。當然，我也有另一種完全顛倒思維的推理方向，只是那樣的推理將產生更多無法釐清的疑點，一切的源頭都得從哈密瓜人成謎的身世查起才有可能開始進行。

早餐後到中午赴約前這段時間我都在空調溫度略低的房間內打電話。

島深哥數日前滿臉疑惑地幫我弄來一些曾與南區舊監獄接觸的工作人員聯絡方式，下至低階獄卒、觀護員，上至當時掌握大部分審判結果的法官、檢察官。

「你要這些資料做什麼？跟調查大哥的事有關係嗎？」

他完全不曉得哈密瓜人這號人物，我也沒有興趣解釋給他聽。

「我不會白吃理胤堂的、白用理胤堂的，卻不幫你們做事，生意人講的是誠信。」

我對哈密瓜人的印象是他舉目無親，與其說舉目無親倒不如採納他所言親人都在地底的說法，簡單明瞭的結果就是別想依循線索找到他的親朋好友，想通這一點可以事先節省許多調查工夫。他在南區監獄中的編號是二七九〇號，入獄時間不詳，但至少確定有兩年以上，本來預定被槍決的日期我也記得很清楚，如果九年前的槍決資料還有保留下來，要查出這個人的眞實身分就沒有多大困難。

紅木辦公桌抽屜內堆放了一大疊印有飯店商標浮水印的白色信紙，我把所有可聯絡電話整齊列表在格線中，然後拿起桌上話筒開始逐一撥號。

首先是在中央刑事法庭執事的資深法官，一般來說攸關死刑判決的重大刑案都是由他負責。

「喂……法官您好，我是需要向您調查事情的人，您應該事先知道我會打電話給您？」

「我知道，有人通知過。你要詢問關於十幾年前南區監獄二七九〇號人犯的那筆案子吧？」

「是的，麻煩您了。」

「據資料記載，那人是在南區植木大廈第二百四十八樓以殺人現行犯被逮捕的，他用斧頭砍斷一名年輕男性伐木工人的頭顱時被發現。事後警方審問又供出更多犯案細節，他早在三天前就預謀殺害那名被害人，所以利用手機簡訊僞裝上級長官引導被害人落單。二七九〇號人犯因爲罪行重大一審即被判處死刑，不得再上訴，所以只等了兩年半就批准快速處決。」

「請問那人有親自看過判決書嗎？」

「有，他認了罪，也簽了名。」

「法官您對這個人有印象嗎？他的身材肥胖無比，皮膚上還有多到數不清的傷疤。」

「我沒有印象了……戒嚴期間的重大刑案都是用文本批准的，不一定要開庭。」

這條線索就算是斷了，哈密瓜人不識字不可能簽名畫押，更不可能傳送手機簡訊。我不能理解判決書造假的原因是否直接牽涉到軍方或黨政有力人士，還是單純隱藏在黑幕下的草率處理。那年頭很多案件的實際情形都跟文字記錄不相符合，包括我們三人明明是因爲搶銀行被捕，判決書上卻是繪聲繪影寫著「集體搶劫打折中的大型量販超市」。

我用原子筆把信紙上法官的聯絡方式隨便塗掉，再度撥號給下一列電話號碼，那是一位已經退休的女監獄觀護師，她有可能在十年前輔導過哈密瓜人，如果監獄觀護師的記憶力都像林牧師那麼好，她就一定會記得這樣一名外型奇特的死囚。

「喂……老師您好，我需要向您詢問十年前南區監獄編號二七九〇死刑犯的事，應該有人事先通知過您我會打電話來。」

「我記得那個人，而且記的很清楚，輔導他時那種不舒服的感覺現在還依然忘不了。他說他是地面的勇士，爲了尋找食物跟神明冒險來到大廈內，遇見能成爲食物的人類他會把他殺死後帶回地底儲藏，直到發酵就能供人民享用。」

「請問他有跟您提過神明的事嗎？」

「有，他說他在牢房裡找到神明，他很確定那個人是他用盡一生在尋找的神明，還說那個人一看就是貴族之後，跟凡夫俗子完全不可相提並論。」

這一刻我腦中的感覺突然變得很複雜。

「請問您知道他說的神明是哪個犯人嗎？」

「好像是一個像他一樣全身是傷疤的男孩，我沒有輔導過那個人，但是有在經過牢房時瞥見一眼。那男孩十分瘦弱，一看就知道是因家境窮困或吸毒而犯罪的少年，他手上有很多注射毒品造成的針孔，二七九〇號誤認爲他是貴族大概只是因爲同樣身爲邊緣人的同命感吧？」

「請問還有可以提供給我任何有關二七九〇號犯人的資訊嗎？」

「大概就這些了，他的腦筋不是很正常，我不是犯罪心理學家所以沒有深入探討。」

我從來沒有施打過毒品，那些針孔是被迫抽血造成的，哈密瓜人的腦筋一點問題都沒有。

掛上話筒後我閉起眼睛俯身趴在桌面上，頓時有大量負面情緒即將崩潰似的宣洩而造成雙手微微顫抖，眼角也產生劇烈痠痛。三秒鐘後我呑嚥下一口唾液，然後獨自暗暗嘲笑這老女人的迂腐想法，她自以爲是的論述要是聽在跟我一樣了解世事的人耳裡，一定會毫不考慮地忿而動怒，但這世界上沒有任何一個跟我一樣了解世事的人。

可喜可賀的是我不會動怒，可喜可賀的是我人格中沒有感受委屈或不甘心的平凡因子。

中央區靠南有一棟高五百三十層的郵政中心，跟六區車站附近的聯邦銀行大廈一樣，只要白天升降系統把大樓潛入地底後就會出現通地出口，由這個出入口到達地面時會正對南區廢墟及一條開放性十足的寬廣道路，那並不是平常黑市交易會慎重挑選上的安全地點，正午從方圓十公尺之內往頭頂望去甚至可以清楚分辨雲朵及天空，夏天更有微微光照使地面維持破曉時分般的可見度。清晨傳來紙條的匿名人士跟我約定在廢墟右側的交叉路口見面，那是唯一被東邊聖尼爾大學陰影遮蔽、完全陷入黑暗的區塊，根據島深哥先前的說法能推斷正文組勘查南區地面的十人就是在那平白消失無蹤的。

我帶著全套早餐攤營業時的基本裝備，包含發電機、菜籃車、立式日光燈架、一壺熱咖啡跟久違的三份雞蛋沙拉搭配煙燻火腿三明治，還細心地在招牌上裝了會定時閃爍紅光的小燈泡，雖然缺少能足量供給販售的烈酒、香菸，只要我穿著成套西裝，今天依然可以實行母親忌日當天的減價大優惠。

中午十二點整，地面溫度攝氏七度半，從走出門口開始直到目的地前都只能聽見菜籃車滾輪翻轉的不規律噪音。我沒有攜帶手電筒，一來是因爲地面對我來說已經熟悉到光憑觸摸也能清楚辨識方位路徑，二來是郵政中心通地出口附近毫無超高建築物，眼睛可視能力處於微弱光源環境下就像拍了一張曝光時間稍嫌不足的青藍色照片，雖然模糊卻依稀能分辨獨立物體的前後層次。菜籃車被慢速拖行著，閃爍紅光在視覺暫留中也形成一條條如蟯蟲斷斷續續的短曲線。再步行五分鐘就抵達陰影下的約定地，我背靠聖尼爾大學地基壁面拿出強力發電機，也流暢地架起日光燈管，一切就跟以往在中央區營業時完全相同，我儼然成爲全地面最光亮最明朗的標的物。

「久仰了！你就是賣早餐的阿樂先生吧？久仰！久仰！」

一段時間後出現兩個剪影般的人形從遠方走近，我把日光燈轉移了一個角度才能清楚看見這兩名男性的五官，一個是看來年齡比我稍輕一點、頸椎直挺的圓臉青年，另一個是至少有六十歲以上、表情冷酷嚴厲的白鬍子老頭。圓臉青年穿著淺色亮皮夾克還歪嘴咀嚼口香糖，輕浮的行徑就像中央區隨處可見形同地痞流氓的有錢小開，他說話的尖銳音調在此種環境下更加顯得聒噪煩人，無異議是屬於我跟島深兄弟都會對他產生反感的類型。白鬍子老頭的個子很高、臉頰凹陷，充滿立體感的輪廓重重加深他原本就帶有的濃烈威嚴感，他完全不說話也不流露出半點情緒，反倒是那討人厭的小伙子笑得跟隻螳螂一樣。

「第一次見到大名鼎鼎的阿樂，眞讓人興奮啊！你本人好帥啊！像大明星一樣！幫我簽個名作紀念吧？」

「你就是幫正文組工作的情報販子吧？你好吵啊……。」

「好厲害啊！看字條就猜到我是誰了！不愧是有名的、獨一無二的、世界上最優秀的情報販阿樂王子！」

「你叫什麼名字?」

「我叫一〇四八三號……怎麼可以詢問情報販的名字呢?情報販怎麼會有名字呢?你說是不是啊?」

一〇四八三號是我因殺人罪被判進入中央監獄的代碼,眼前這傢伙似乎想刻意傳達某種無謂訊息給我,這訊息包含恐嚇及嘲諷的味道。

他的笑容齜牙咧嘴,一點都算不上爽朗。

「那這位安靜的大叔又是何方神聖?」

「喔喔!阿樂你不可以對他不禮貌喔!他是你的長輩呢!」

「我的哪位長輩?」

「他是你的岳父喔!」

當年處心積慮殺害我的正文組老大就是這名白髮蒼蒼的老頭,我從來沒有想過此生會有跟他見上一面的可能性,就算見面也等於是宣告我的死期,奇異的是此時此刻居然完全沒有丁點戰慄氛圍,潛藏在我們交相凝視的眼界底下只有熟稔到近乎於血親的深刻感情。

「我沒有岳父,我的妻子早就死了。還有,今天七月十四日是本攤特別優惠日,雖然這裡不是平常做生意的據點……但顧客還是可以享有三成折扣。」

我示意他們席地而坐，然後慵懶地轉身，開啓菜籃車蓋，拿出保溫瓶倒滿三杯酸澀的熱咖啡。

熱咖啡形成的霧氣在寒冷地面直線冉冉而上，我因爲察覺宿命揮之不去的運轉而微笑，像詛咒，一切都會回到身邊連結起來，躲也躲不過。

「我們最近很需要阿樂王子的幫忙！阿樂王子也需要我們幫忙吧？」

「正文組已經在地面死了多少人？」

「三，十，三……個人……總共三十三個人，所以現在已經沒人敢來地面了啦！」

「如果你有誠意要我幫忙，就不要用怪腔怪調說話。」

「我可以給你看我腦子裡的地面地圖喔！我爲了你特別花好多時間把它畫下來呢！」

「一定有但書吧？任何一個情報販都不可能平白無故給其他情報販看自己的地圖。」

「你不要這麼嚴肅嘛！我只要確認一件事，你看了就知道。」

他拉開亮皮夾克的塑膠拉鍊，把右手伸進胸口掏出一張稍微摺疊過的稿紙，然後像個要小費的撲克牌魔術師般把它翻轉數圈才攤開在我眼前。

那稿紙至少有半張桌面那麼大，密密麻麻的都是錯綜複雜的直線、橫線，數以百計的叉叉符號一眼就可以辨識出是標示通地出入口的位置，我仔細檢閱了好久才終於發現有幾個圈圈符號出現在令我感到極度熟悉的地點。

這張地圖居然跟哈密瓜人給我的那張一模一樣。

「你的地圖……是誰給你的？」

「看吧！我就只要確認我們兩個的地圖是不是一樣，看到你的反應就可以確定了。我是幾個月前才拿到地圖的喔！我有向你們這種前輩學習，拿到地圖後就立刻背起來銷毀。我們大哥啊……」他伸出大拇指比了比身邊的老頭。

「我們大哥找過很多情報販子，最後告訴我，說我知道的地圖最詳細，我這個初出茅廬的菜鳥當然覺得很訝異，調查很多其他情報販資訊才眞的發現自己的地圖有多詳細。」

「回答我的問題，你是從哪裡弄來地面地圖的？」

「地面眞的有住人，對吧？阿樂王子？你是不是也有遇到過來自地面的勇士啊？」

我陷入沉思，甚至忘記拿出預備要給他們配咖啡解饞的三明治。

下午十二點四十五分，中央區南區交界的仲夏地面，始終沉默不語的正文組幫主、自稱新手情報販的謎樣痞子、資深早餐攤老闆阿樂，三個人同時望向遙不可及的線狀天空，我實在很難分辨究竟是外宇宙比較難理解，還是我們此刻盤腿而坐的地面比較陌生。

「阿樂王子是我的偶像，我是因爲阿樂王子才立志成爲一名情報販的。幾個月前我去了中央區地面你平常擺攤的地點想當面表達崇拜，卻沒有看到你的蹤影。我當時並不知道你被關也不知道你逃獄不見了，所以坐在地上望向天空發呆，直到下午四點半左右有個胖子跑來找你。」

「有個胖子跑來找我？」

「對啊……是一個滿頭大汗的裸體胖子，陰莖都被垂下的肚皮完全擋住了，身上還有好多像傷痕又像淋巴瘤的東西，在這麼黑暗的地方看見他就像令人作嘔的恐怖虐殺電影情節。他說他找了好幾個標的都沒有遇見神明，他問我是不是神明，我說是，那胖子居然馬上趴跪下來請求我賜與食物！我說我沒有帶食物，身上只有手電筒、簽字筆、手槍跟很多錢，他要求我把鈔票一張張攤開說要畫地面地圖給我，還告訴我叉叉就是通地出入口、圈圈就是可以長時間停留的標的。」

「你爲什麼要說自己是神明？」

「我知道他指的神明可能是你，可是難得遇到一個腦筋不正常的傢伙玩玩也無妨啊……結果那張地圖花了我十一萬七千元才完成，他說希望神明帶著食物出現在標的，會有跟他一樣的勇士來膜拜領取。我把鈔票帶回大樓湊起來研究，才發現……哇靠！眞的是一張地面地圖啊！我可以跟偶像阿樂王子做一樣的工作了！」

「那胖子後來怎樣了？走了嗎？」

「他解釋完地圖要走的時候我就一槍把他斃了，不要覺得我很壞啊！雖然那傢伙手無寸鐵，但是他要用壓的也是可以壓死我啊！」

有很多哈密瓜人，他們是爲了地面人民的存活、就算拖著臃腫身軀也要努力尋找食物的勇士，他們的腦筋都是正常的，思想都是崇高的，人格是善良卻不愚昧的。

我頭頂上的立式日光燈管不知爲何閃爍，像在刻意表徵一種毀滅前夕的意識型態。南區廢墟邊緣因爲寬廣更能聽見高處樓層間的風切聲，猛烈到幾乎能讓人感受狂風的痛楚，然後聯想起世紀初高空轟炸機不斷丟下炸彈，大廈內軍人瞬間變成碎屑、血肉模糊的景象。風聲在黑暗中轉變成奮力掙扎的低鳴哀號，如同飢餓時必定會不由自主地從口中發中詭異吼叫，最後放棄尊嚴接受恐懼也只爲了存活，把心智寄託於神學性的事物也只因爲眼前伸手不見五指更沒有希望可言，光明的天空太細小，並沒有卻步，而是眞的竭盡其力也永遠無法到達。我的負面情緒從腦葉斷層深處一湧而出，爲了過去受虐的皮肉之痛、爲了平民老百姓自以爲是的邏輯憤怒仇恨。我的面部表情毫無變化，除了笑容外無法表達其他情緒，原來我跟獄中的阿虎完全一樣，早就笑到腦顳葉杏仁體都爛掉了。

「你們可以先回去嗎？今天是我母親忌日，我想安靜一下。」

「好吧！你從剛剛就一直在苦笑咧！還是很帥喔！你現在都沒在擺攤了，我去你中央區的老位子做生意你不會介意吧？」

「沒關係，那個位子給你。」

「太好了！我還沒聽你說得到那張地圖的故事，我會再約你。」

這痞子站起身後順手扶了老頭一把，還幫他拍去屁股上沾染的灰塵，我也站立起來敲打日光燈架，變壓器接觸不良的狀況馬上獲得改善。

「大叔，您還想殺我嗎？」我試探性地叫住那老頭。

「不，」他終於開口說話了，聲音相當低沉沙啞。

「我只是想親眼看看陪我女兒度過生命最後一刻的人。」

「伊月的個性很悲觀，但是在我向她開槍前的一年時光都對她很好，我很愛她。」

「無所謂，我只是想看你長什麼樣子。」

隨後他們兩人頭也不回的離開，沒有任何遲疑頓步就往光明的那邊走去。

正文組大哥現在這時局應該是處於自身難保的事業低潮，他屢屢做出魯莽決策導致意料外的嚴重後果，隨時都會有幫內人士伺機暗殺他以爲那三十三名犧牲者復仇，也爲了斷幫主再度犯錯的任何機會。

伊月認為自己永遠得不到父愛，其實是她對父愛的要求太過苛刻，如果無法滿足預設空虛她就會一概否定，像四捨五入毫不留情地把不夠的都無條件捨棄，然後自己躲在角落對著所有人哭訴，一邊拿刀割劃手腕一邊大喊：「你們不用管我！反正沒有人會理我！」再繼續割劃淺淺的傷口，鮮血頂多是用冒出來的，算不上是用噴出來的。我對她的無理取鬧不以為意，也漸漸產生厭惡之心，只是始終不到足以表現出來的程度。伊月的輕微精神官能性憂鬱症跟自虐傾向並沒有人能治癒，我曾嘗試用大麻取代她的安眠藥物，她會像個宿醉的酒家女一般躺在地毯上扭動，還嗲聲嗲氣的嬌喘，通常我會跟她做愛，等到清醒後她卻又拿起某本存在主義小說觀看。

「阿樂你也看一下嘛！這本小說你絕對會很喜歡的！」我厭惡她這樣對我說，她憑什麼以為自己了解我的喜好？她憑什麼以為自己了解我？這時候才發覺自己為她做的都是白費，陷在憂鬱中是她本身的意願，然後我會維持幾秒鐘把她轉送給島深哥應該很合得來的想法。

我一直沒有拋棄她，被她清洗過的烤肉用爐架總是亮晶晶的。

直到她把保險桿扳開上膛，槍口指著自己的太陽穴之前我都對她很好，連最後扣下扳機的罪孽都替她承擔了，所以剛剛我才能坦然處於她父親面前。

在我面前這個失落的老人不是正文組幫主，他只是我亡妻的父親，我也不是他們幫派的眼中釘或是殺掉她女兒的大壞蛋，我只是一個曾當過他女婿、素未謀面的年輕人。

呆站了一會兒，我獨自拖著菜籃車走向郵政中心的通地出入口，搭上電梯，再經由高速捷運回到中央二區那棟六百二十樓的豪華飯店套房內。木質書桌上四散著寫有十年前南區舊監獄相關人士聯絡方式的信紙，我靠過去把幾張信紙拎起來反覆撕扯成碎屑再和開水吞進肚子裡，然後拿起話筒撥了一通電話給島深弟。

「喂，我是阿樂，可以請你幫我殺一個人嗎？」

「什麼人？」

「正文組那個新來的情報販，他會出現在我那個老位子，請你先把他脫光……成為裸體……再從後腦勺處決似的開槍。」

「沒問題，我會盡快辦好，你不用給我錢。」

「麻煩你了。」

「我愛你。」

島深弟倒是一直都對我很好。

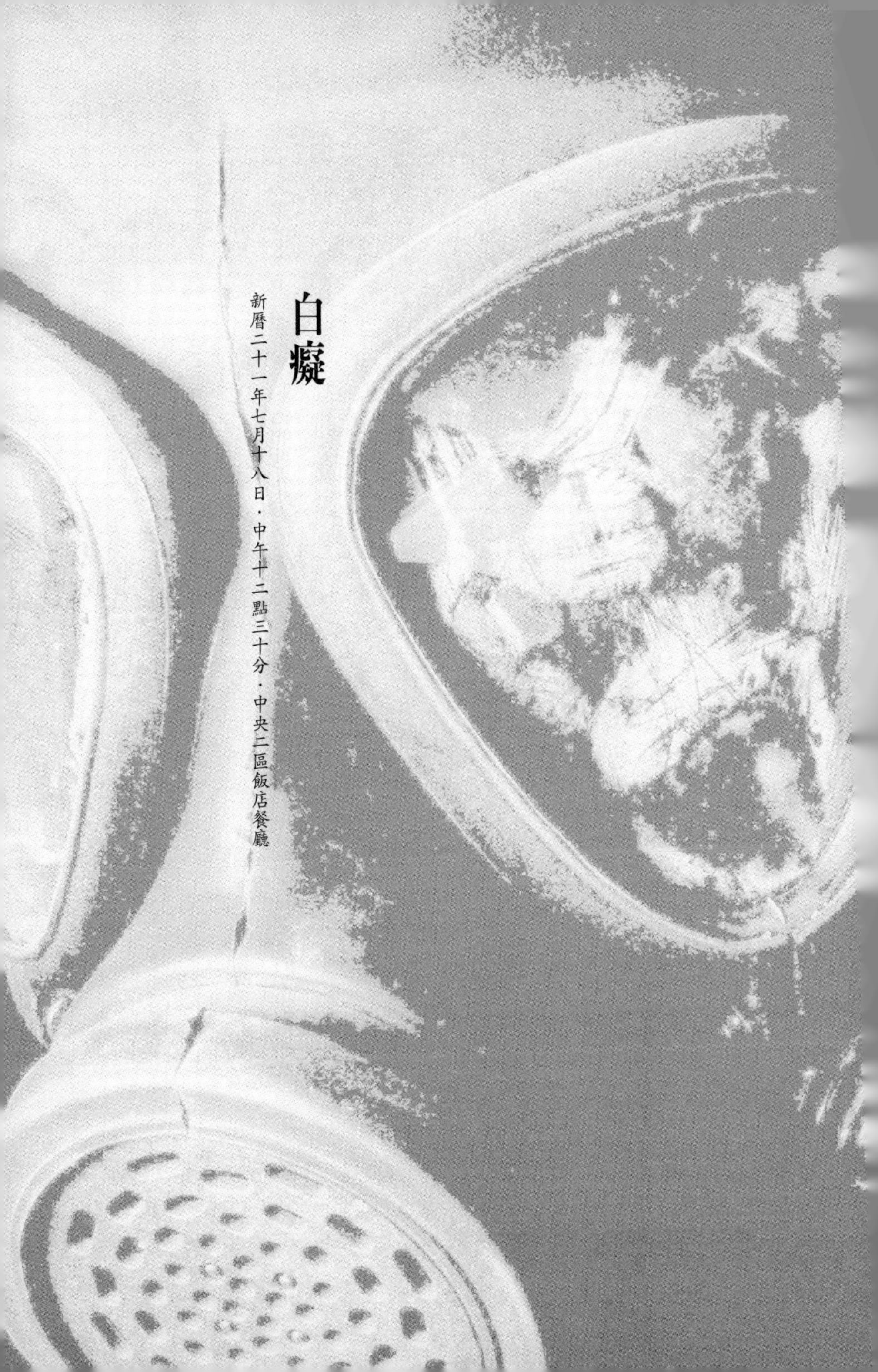

白癡

新曆二十一年七月十八日・中午十二點三十分・中央二區飯店餐廳

「我知道哪裡有機會遇見在地面生存的人。」

今天我跟在飯店共同午餐的島深兄弟這麼說，島深哥看起來卻很狼狽，難得穿了棉質短袖上衣也忘了戴手錶，眼瞼下還有一大塊瘀青般的凹陷。

「我好累，最近爲了安定小弟們的情緒甚至得親自去大廈內買賣，隨時都擔心有內奸向條子告密……這兩天正文組的情報販消失也怪罪到我頭上，說是我派人暗殺的，可惜我已經他媽的心力交瘁到無力解釋了。」

同時，坐在右手邊的島深弟繼續用刀叉切割淋了少許醬油的煎蛋，不發一語也不作出任何面部表情，今天距離我要求他替我幹掉那痞子也才過四天。

「照約定，我們三個傍晚就去地面處理，趕快把事情解決。」

「阿樂……我也只能聽你的了，我還能怎麼辦呢？」

島深弟始終沒有加入對話，他切開的半熟蛋黃黏呼呼地流滿整張碟子。

我們三個都算是正直的好人，沒有賭博、酗酒、吸毒等等會影響基本道德判斷能力的不良嗜好，也不輕易爲了達到自身利益而耍小技倆陷害他人，島深兄弟截至目前爲止都是採用流血作爲化解衝突的唯一手段，鮮少失敗或是半途而廢。嚴格來講我們三個形成極度排外的好友圈，年齡、成長環境相仿，對事物主觀認知格調也差不多，重要的是口風都異於常人地緊，任何人一旦提出不可外傳的言論就絕不可能被散播，這也是爲什麼都已經十五年了，麵包店老闆女兒的失蹤案還遲遲未獲警方解決。

「今天下去要先準備非常多東西。」

「武器嗎？我可以臨時調來。」

島深哥急躁地用湯匙敲擊磁盤邊緣，彷彿對磁盤中所裝盛晶瑩剔透的米飯粒一點興趣都沒有。

「我沒有要殺人的打算，神會對著自己的子民開槍嗎？」

「阿樂，你說的我完全聽不懂，但是我們已經講好要殺掉幫主……如果他還活著的話。」

「我需要探照燈、發電機、極地探勘等級的防寒衣、大量食物。」

「防寒衣？你想在地面過夜嗎？」

「不用過夜，但是會待到太陽下山後。」

「很好……阿樂，我把命豁出去相信你。」

「你不要擔心，現在我比你還怕死。」

表面上我應該是因坦承自己貪生怕死而卑微的，但當下這汲汲營營追求權力、連性命都可以不顧的島深哥卻顯得相當窩囊。我很害怕生命在無預警下被迫結束，雖然我一直以來都對生命結束這刻做足充分心理準備，就在晚了十年才認知哈密瓜人想傳達的訊息後，一切既往觀念都不復延續，取而代之的是怨恨建構出的同情心。長期以來被生存在周遭的無知百姓鞭打心智而產生怨恨，如果眞能解救地面的子民就毫無遺憾了，我同情他們如同我所受到的所有痛苦，我因爲病態的同情心而奢望長命百歲。

「弟弟……到時候依循計畫，由你執行殺死幫主的任務。」

「我不想執行這個任務，你自己去幹。」

他面對正在狼吞虎嚥中的島深弟發出命令式的眼神及口氣，卻聽見回應自他親生弟弟的忤逆答覆。

島深哥先是停頓了數分鐘，才轉過頭凝視著我緩慢說出一句：「我這輩子還沒有殺過人。」然後優雅地把餐具排放在桌面上。

對於一個任職黑道幫派高層數年的傢伙從未親自對任何人扣下扳機，我一點都不覺得意外，他是大腦，島深弟是手指，殺人的永遠是扣下扳機的手指，不是大腦；最終下地獄的也不是大腦，大腦是擁有高明投機心理的角色。

「阿樂，你一定很瞧不起加入黑幫的我，覺得我把父親那輩的陰影轉嫁到你頭上……你也一定覺得我把親弟弟當成工具。」

「我沒有瞧不起你，你是擁有成功人格的人。」雖然他一點都沒說錯，但是打死我也不會坦承眞正的想法。

「我只有你跟弟弟這兩個朋友，我不相信任何人，只相信你們兩個。」

「這一趟可以解決所有問題，往後你們繼續經營理胤堂，我也有要做的事。」

這頓午飯就心情而言吃得很不輕鬆，最後島深弟自動自發地幫他老哥把所有吃不完的飯菜吞下肚，他老哥也流露出一副很欣慰的表情，好像已經忘記方才被所有人否決的對話。事實上我剛剛提出的言論非常具有爆炸性，幾乎等於直接告知與他們分道揚鑣的打算，只要幫島深兄弟處理完這件雜事以後就再也互不相欠，也才有機會單獨脫離塵世百年不變的迂腐漩渦，尋找能眞正崇拜、景仰我的棲身之處。如此背後意義何其偉大？但當下他們兩人居然面不改色地起身付錢，還偷瞄了一眼櫃檯裡彎下腰的巨乳女服務生，幾乎沒察覺到我話語背後的丁點含意。

這反應讓刻意拐彎抹角的我顯得像個白癡一樣。

下午二點四十分單獨回到飯店房間整頓思緒，從六百二十樓的落地窗望出去也只能看見其他大廈的玻璃帷幕壁面，並沒有任何景觀可言，所以我習慣拉上雙層窗簾讓室內保持接近地面狀態的黑暗，接著背靠沙發椅墊坐在地板上，除了把點燃的香菸放進嘴裡吸氣吐氣外什麼事都不進行。我的大腦不僅只繁複還擁有某種能與現實完全切割的特異功能，這造就把想像化爲合乎邏輯圖形的推理長才。自六月十日停留在中央區開始，我取得關於地面怪物的情報日漸充分，只是一直沒有動力向島深兄弟提出探查的要求，畢竟我推演出絕對能遇到哈密瓜人的方法有一定程度的危險性。

南區有十七棟配備升降機制的大廈，這十七棟都是國家規畫響應環境保育政策的植木大樓，整個南區就功能性而言相當於聯邦政府可自由發揮的一張白紙，因為沒有人民願意居住在經年累月爭戰、死亡人口難以清數的土地上，所以政府不論打算如何開發都不需要花太多經費安頓頑固釘子戶。哈密瓜人繪出的標的點分散在這十七棟大廈周圍，連同被轟炸過的廢墟殘骸附近，其中最遠處延伸到中央區我以往擺攤的地方。這個中央區的標的點尤其微妙，如果要從其他南區標的到達這邊很難碰觸黑道及不法分子的行徑動線，我懷疑哈密瓜人並不想被一般人類看見才會如此安排，他們也極少主動接觸人類，那位來拜見神明卻被殺死的哈密瓜人似乎要傳達某種警訊，某種連他們都不得不冒著危險挺進的重大危機。我大膽假設他們會在日出、日落大樓升降時現身，否則不會刻意希望神明出現在那十七棟大廈周邊，他們的生活方式必定跟潛地裝置運作有所關聯。

在島深兄弟焦頭爛額蒐集裝備的這段時間，我花了十五分鐘搭乘捷運到達距離飯店不遠處的中央監獄，衣冠筆挺的新進員警不但謙遜有禮地帶我走去位在一百九十九樓的一般訪客會客室，還用免洗塑膠杯倒了滿滿一杯無糖冰紅茶給我。

那位面貌依然白嫩豐腴、戴著鈦金屬鏡架的林牧師五分鐘後就坐在左手邊的褐色牛皮沙發上，當然他開門進會客室時已經順手替自己倒好了一杯冰紅茶。

「一年多沒有看到老師您了。」

「你好像過得不錯？並沒有在逃亡的感覺？」

「因爲某些原因，現在不需要逃亡。」

「你變了，跟坐牢時完全不一樣，看起來氣色很好，照人相學判斷的話應該有好事即將發生……爲什麼突然來找我呢？」

「我想請問您知不知道關於這世紀初南區大廈被轟炸的事？」

向他詢問情報等於機率較高的亂槍打鳥，林牧師是我目前唯一認識生長在南區的活人，南區居民的人數本來就非常少，碰巧他在一年多前與我的對談中曾不經意提及自己是從南區來我家幫傭的，也或許他會知道不同於母親每晚對我闡述的官方說法。

出發去地面前一刻才調查乍聽之下爲時已晚，但我急需強而有力的言論證實哈密瓜人所繪標的也與廢墟有關聯的假設推理。

「沒想到你會對這歷史感興趣，我也不多問你想知道的原因了……我祖父的好幾名兄弟都死在被轟炸的大廈中。」

「他們是當初被民兵搶劫所以不得不選擇自盡的某批居民嗎？」

「不，他們就是民兵。」

「民兵不是反對政府獨裁的嗎？爲什麼他們會搶劫殺害同樣身爲南區人的同胞？」

「他們沒有殺人，搶劫也是政府杜撰的，也就是你的曾祖父發布了假消息，眞相只有像我們這種少數存活下來的南區人後代才知道，卻不得與外人道。」

對話截至目前我應該對自己睿智的思維邏輯感到驕傲，但此時此刻我卻無法像過去般露出輕蔑爽朗的笑容。或許是因爲即待釐清的眞實歷史將超脫預想範圍，也可能是因爲得知母親居然爲了鞏固貴族顏面而對我撒謊，雖然她同樣有被父親一輩矇在鼓裡的可能，但就算如此，了解我從小敬佩不疑的高傲母親大人其實愚昧無知終究讓我羞愧萬分。我在這瞬間打從心底湧起鄙視她的念頭，她的身分地位離天界還很遙遠，根本不足以自豪，甚至是教誨我必須自豪。

「其實居民也被政府軍一同炸死了嗎？」

「集散在南區的民兵早就知道政府有一天會展開攻擊，所以先在幾棟可以通往地面的大樓下用重機具偷偷挖掘連通地道，也就是防空洞，他們幫助居民把生活物資搬進地道裡卻被說成是搶劫。之後大樓果然被炸了，死了好多人，一部分居民跟民兵躲藏防空洞中暫時逃過一劫。」

「這些倖存者現在還活著嗎？」

「早就屍骨無存了，十七棟植木大廈建設磁力升降地基時有發現那些地道，大批媒體也有去拍攝空空如也的遺跡，但新聞報導都在隔天被封鎖。那些防空洞太接近地表根本抵擋不住夜晚低溫，他們逃過了砲彈卻逃不過自然的消毒現象。」

「裡面什麼東西都沒有了嗎？」

「是的，就像廢棄的土蟻窩。」

防空洞，就是防空洞，原來他們曾經用重機具鑽地，光得知這一點就足以使我的假設繼續推證下去。一般而言有能力挖掘地底堅實土層及石板的鑽地機絕對不會是人力可以搬運的小東西，當初那台巨大器械如果確實不在地道內，那它除了被軍方祕密搬運之外也只有另一種可能性，就是在後路崩塌的條件下已經鑽探到其他區域了。

「老師……非常謝謝您告訴我這些，事實上我今天跟議長那兩個兒子要去地面一趟，計畫在植木大樓跟廢墟附近勘察，如果防空洞依然沒被封閉住的話，我們也會進去看看。」

「聽起來你們是對地面非常熟悉的人，祝福你們一切順利。」

「您兒子最近過得如何呢？」

「死了，幾天前笑著笑著癲癇幾下就不會動了。」

「眞可惜，我還想看看他。」

「小少爺你變了很多，才一年多不見居然會有如此大的改變，你自己應該也沒發覺，從剛剛開始你就一直保持悲傷且忿恨的眼神。」

「就您任職監獄輔導員的經驗來看，這是代表什麼？」

「不代表什麼，我過去只有看過幾個因冤獄被處死前的人犯有這種眼神。」

這刻，他那鈦金屬鏡架後的兩隻小眼睛在肥滋滋的面容上笑彎成鐮刀狀。

林牧師最令我懾服的一點就是過度銳利的直覺，不論嘴巴上聊的是什麼話題，他終究可以分神觀察別人潛藏面部肌肉抽動後的眞實情緒，跟東區那個發臭的鄰居小妹妹一樣，只有出身貧困或低階層家庭的人才可能擁有此種動物性長才。

我依然了解自己是朝著好的方向改變，至少在這次向他取得重要資訊後內心充滿幹勁，有一點形似醞釀了很久、期待能夠使盡全力作出最後一次掙扎的前夕，腎上腺素是激增的。我相信人生可以從這次下地面後完全改變，畢竟我再也沒有維持現狀的籌碼，繼續拖延下去有形的傷疤跟無形的心智都會腐敗潰爛。

智慧如此不平凡的人不該淪落澹然消失於人世的命運，那些因冤獄被處死的犯人不知道自己除了把心靈依歸宗教外，還有另一種選擇，就是成爲宗教。

從六月十日松老公祭至今過了足足一個多月，我多少有點懊悔爲何剛剛才緊急決定來找這胖子聊天，可喜可賀的是最後終究圓滿達成，甚至還產生了猶如無條件樂觀的賭徒心態：如果亂槍打鳥也會中獎就代表我要走運了，悲慘了這麼多年，或許我眞的要在今天開始走運了。

準備離開時我站起身頻頻向林牧師彎腰敬禮，還對他說這是我上過最好的輔導課、他的確是春風化雨的優秀輔導老師。他見到我滑稽的表現笑得合不攏嘴，整排粉紅色的上牙齦都暴露出來，然後我才驚覺他大笑的樣子居然跟阿虎被重踹腹部時一模一樣。

雖然中央監獄距離跟島深兄弟約定集合的郵政中心大廈比較近，但我還是必須在下午五點以前折返回飯店拿菜籃車，也得多換上幾件厚重的毛衣、皮草。

我從來沒有在地面待到日落後的經驗，應該說除了軍方祕密單位以外的任何人都沒有過這種經驗。光依死板的科學角度論述就知道深夜地面自然消毒極度危險，人類這般弱小的微渺生物不可能在強烈旋風下安然存活。

北區極地探勘等級的防寒衣能耐住零下二十度低溫，南區地面太陽西下後氣溫會在半個小時以內由攝氏零度左右瞬間降下十到二十度，所以我才說這方法有一定程度的危險性。

島深哥有求於我，但如他這樣一個比常人聰明的傢伙應該不可能察覺不出，我也同樣藉此事件在追求屬於我的東西，從午餐時他就表現得像個呆子，反倒幾乎是外人的島深弟疑似已把一切冷眼看透，卻也毫不在意地被我們兩人交相利用。他徹頭徹尾都是個卓越的殺手，從小玩電視遊樂器時就很有一套、長大對著活生生的人類開槍更有一套，連無感的內斂情緒都符合成為我最好朋友的資格。

雖然我口頭允諾能保障他們的生命安全，但其實並沒有任何可以稱作備用計畫的對策，只能趕在深夜旋風出現前無失誤回到大樓內。唯一誓言就是我在島深哥面前坦承自己怕死，所以會盡力活著，很有趣地，他也只要聽見我這句話就足夠了。我們兩人間有不少難以言喻的無形疙瘩，但我始終相信他相信我，我相信他只能信任他弟弟跟我；他不怕死、只怕我跟島深弟受到傷害，他終究是個擁有愧疚人格的普通人。

房間書桌上的電話恰巧在我開門踏入時響起。

「阿樂，我是島深弟，東西準備得差不多了，只是你說需要大量的食物是多大量？」

「其實我也不知道，你就隨便買個兩箱麵包。」

「麵包我已經買了，去初中學校那邊四百七十五樓車站的麵包店買了，總覺得他們家的白吐司最好吃。」

「那就夠了。」

「你要離開去哪裡？你中午說今天下地面把事情解決後……有另外要做的事。」

「這很難解釋，要看今天的結果我才有實際對策。」

「嗯……未來你會留在地面吧？正文組那個小子一邊脫衣服一邊大吼大叫地說：『地底人民的上帝要我死，我不得不死！』」

「呵呵……原來他有這樣說。」

我忍不住拿著話筒笑了出來。

「阿樂果然變成偉人了。」

「不，我超越偉人了。」

「我愛你。」

雙層窗簾在我出門前依然是拉上的，所以從房裡分辨不清現在是否將近日落西下。我略顯匆忙地把三、四件毛衣塞進菜籃車中，然後進廁所撒了一泡尿就出門。

我心中燃起某種興奮感，很像一般小學生參加校外教學旅行時的自然亢奮，整個人生中遭遇過僅只一次類似情緒是當初決定下地面自殺前；拖著滿身未癒的深刻傷口走進聯邦銀行茫茫人群，精神卻高昂到無視富裕資產家的厭惡驅逐。

我深刻體會靈魂被踐踏了許久卻一直到近日才覺察痛楚，然後終於理解自己原來不屬於俗世的因果輪迴範疇內。正文組那情報販給了我一個偉大的契因，一個令我眞眞正正自豪無比的信念，我不再誤以爲自己僅只是母親口中高尙的貴族之後，血脈不再珍貴，老百姓用盡其力牴觸我的道理也完全貫通，就等同古書中耶穌基督受判如此慘無人道、血淋淋的刑罰方式。

於是我才決定拖拉掛有早餐招牌的菜籃車，好讓子民熟記這聖靈現身的法相。

光明西墜入混沌前的傍晚五點十分，郵政中心地面通地出入口不像較早時有晨曦般的明亮度。面對寬廣的廢墟坍塌遺跡依然黑暗不清，本來抬頭可輕易分辨灰藍色的天空也包覆了一層細目紗網。我才多走兩步路就瞧見島深兄弟已經站在正前方聖尼爾大學腳下，各自推著一台載有大型發電機的電動平台拖板車，並且預先打開其中一盞調整爲側向斜角的探照燈。

亮度反射於周遭大廈水泥牆面散發異常耀眼光芒，也暴露出地面街道最眞實枯燥的直線結構。

仔細跳脫思考我們三人會合的樣子其實非常詭異又可笑，甚至有點像穿梭超級市場冰櫃層架間的主婦，但在目前尙無人煙的地面沒什麼好感到害羞的。

我慢步走近他們身旁向行事謹愼的島深哥講解計畫路線，大致來說就是盡量繞經植木大樓四周所有的標的點，並在廢墟中尋找防空洞出入口，直到大廈一百四十一層樓以下升出地面，地底人民就理當會以某種姿態出現在我們眼前。

「要是根本沒有地底人民出現呢？」

「你可以回理亂堂發布消息說：經過實際探查，地面怪物其實是阿樂爲了獨霸事業在搞鬼，我就會被所有黑幫制裁。」

他因爲信服於我堅決篤定的態度而不再發表疑問。

與四天前同樣的路徑、同樣的郵政中心大樓基座外牆、同樣的陪伴人數，完全不同的是我現在帶著一分毫無理由的執著走在地面。與其說是毫無理由，倒不如解釋成難以用理智分解剖析，就像南區地面跟中央區、東區的差別在於多了極強烈的陰鬱吞噬感，參天高的死寂屛障不再那麼密集，天空距離自身在意識型態之中卻更加遙遠。每個地方都有死過人，但這裡死過最多人，我能想像肢體在轟然巨響中血肉橫飛的模樣，某塊零散的器官靜靜仰躺在冰冷刺骨陰影下望向層次不明的雲霧而粉碎，我們所走的每一步路都踩踏著曾禁錮在慌亂恐懼中的怨念。我的感悟力太強，感性奪去理智的空間還侵蝕了一大塊。我的腦子徹底壞了，長年以來不斷累積怨恨、輕視他人的意念，但始終未發現負面情緒的傷口在胡亂擴張蔓延，到現在已經達至病入膏肓的程度卻哭喊不出半點痛楚。我在低潮中看見一線希望，所以奮不顧身的往那個方向走去，就算那希望渺茫如中央區地面可見的線狀天空，我沒有懷疑考慮的時間跟權力，只能提著最後一口氣往光明處前進，這就是所謂毫無理由的執著。

我當然會跟島深哥一樣擔心地底人民不出現的機率，但是我不像他還有所選擇，他可以藉由別的方法化解黑道恐慌，甚至開闢於大樓內安全進行黑市交易的新局面，然後穩固自我無可取代的人生地位。我篤定強硬的態度其實是針對自己，就算哈密瓜人今天不出現，我必然會用整個生命翻遍地面尋找他們的蹤跡，我急切地想解救他們，也期待這完全付出的偉大精神能解救骯髒自私的靈魂，就像我曾經解救伊月的靈魂一樣，像上帝一樣。

從剛剛開始島深兄弟就一直用擔憂關愛的神情注視我，這讓我感到很不舒服。雖然我知道自己現在跟他們所認識二十幾年的阿樂有極大出入，所以低著頭翻白眼、背脊還不時微微抽搐抖動；我知道自己就表面看來像個重度躁鬱症患者或瀕死的毒蟲，可喜可賀的是我已經無助到不在乎任何人的歧視側目，所以手扶著牆面一步步僵硬地左轉、前進、右轉，帶領朋友及沉重的探照燈熟稔遊走在大量九十度直角建構成的無盡街道，舉凡燈光照耀到的地方都像是會綻放出花朵般朝氣蓬勃，我是很認真的在思考這些事。

離集合點不遠處的這攤廢墟經調查是照次序第五棟被炸毀的，這裡也有一個標的點，由尚還存在瓦礫的堆積量看來很難想像曾是一棟摩天大廈遺址，頂多是個經爆破處理後的低矮平房，絕大部分斷簷殘壁應該都已經被旋風吹散殆盡，也有可能早就坍塌至空蕩地基深處。

我指揮島深弟站在下面控制探照燈作輔助照明，島深哥跟我兩人拿著手電筒及工具爬上坍塌石板，從鋼筋縫隙裡尋找是否有可進入防空洞的出入口。越是接近夜晚氣溫越是節節下降，我們三人不斷來回加厚上衣，不自覺中已經把軀體包覆得像個流亡西北方的共產黨解放軍，連言行舉止都跟著粗鄙。夏季過了七月中旬已經不再產生午後雷陣雨雲系，極度乾燥的地面氣候讓暴露在冷空氣中的臉部皮膚刺痛發癢，上下唇紋都不由得慢慢裂開滲出血痕，而這些溫熱血液卻又因爲遭受酷寒微風吹拂所以始終滴落不下來。

地面不是會讓人聯想到鬧鬼的地方，雖然它比任何一處場所都陰森。就像人們總幻想馬里亞納海溝底或火星上有怪物、外星巨蟲、黑洞，卻從沒半個太空人提出曾在月球漫步時看見疑似白衣女鬼或無頭冤魂的身影。我不懂造成大眾百姓思想分野的關鍵點到底是什麼，但我依然覺得現在正被靴頭大力踹開的磚塊下，隨時可能溜出一尊手拿骨董ＡＫ步槍的半透明幽靈，面露長牙、用滿布鮮血的猙獰表情向我索命。

初中歷史課本上有詳細記載，整個聯邦政府國土是在我曾祖父執政時期擴張到極盛，他大量屠殺境內投效社會主義的軍人及眷屬，還動用武力制裁在南區作亂醞釀起義的反叛軍。

自由經濟體系在他的跋扈管理下形成嚴重貧富差距，有才能、懂得投機、勤奮努力的富人越來越有錢，懶惰、無知、軟弱的貧民居然妄想利用數場暴動改變社會結構，不論就道德倫理或公平正義判斷，這樣坐享其成的愚癡行爲都是天地不容，巧的是少數自以爲擁有崇高人道關懷精神的媒體高層人員很吃這一套，於是把民眾的無法無天合理定義化，並讓被政府公開處死的土匪頭子灌上「革命精神領袖」、「民主主義鬥士」等等稱號留傳青史。全國中、小學生再也不會對我的家族誇讚半句好話，就算他們曾經讓富人賺了更多的錢，讓窮人活活餓死以消匿怠惰的不良基因，讓其他國家都懼怕於我們的強盛軍火，他們卻還是落得被後人批鬥鞭屍的悲慘命運。林牧師祖父的兄弟就是親身參與這些社會劇變的人，我不知道到底該用好人還是壞人評鑑他們，我只知道他們是白癡，付出生命爲了換取更多糧食與尊嚴，卻被後人傳頌成什麼不切實際的孤高義士。

如果現在突然有一個手拿骨董AK步槍的民兵幽靈飄忽在眼前我也會不知所措，畢竟他已經成爲歷史，我就算是承受再大的先祖罪業包袱也愛莫能助。

「六點整！目前攝氏零度！」

半個小時後，島深弟看了看電子錶望向我們大喊，口中還呼出濃濃白氣。

眼前這一攤廢墟完全找不到可以供人進出的洞穴，當初作爲大樓主要樑柱搭建材料的磚瓦如意料中塡塞滿下陷地基。所有縫隙被石塊灰礫交疊包圍，如果遭遇無法確認的區域，也只要用長鐵棒來回鑽插就可以得知裡面是否實心封閉。但絕大部分成堆殘骸甚至不需伸手翻動、光憑目測就能判定無法再繼續探勘下去。

植木大樓在晚上七點整才會迅速接連升起，我們尚有一個鐘頭時間能調查其他地點，所幸哈密瓜人所繪標的密集到只需五分鐘腳程就可以抵達下一處，數棟遺跡間的距離也還算近，否則光憑我們單薄的人力在七點前頂多只能瀏覽兩、三個單位。事實上，地底人民出現的條件跟當下站在哪個遺址旁邊其實一點關係都沒有，只要機緣成熟，他們自然而然就會從石塊堆中如地鼠般竄出，在此之前能幸運找到防空洞口就算是多賺的，所以我並沒有很盡力，卻也沒有特別去跟島深兄弟說明這件事。

電動拖板車持續不間斷的尖銳馬達運轉加上菜籃車的滾輪噪音、不輕快的稀疏腳步聲在黑暗相襯之下顯得十分吵雜，卻奇異地不會引人燃起心煩躁鬱的念頭。我們三人隨即忍受著低溫一邊顫抖一邊向南邁開不知所云的步伐，卻沒半個人對此提出應有的質疑。

「我心情很好。」

轉頭一看島深弟把圍巾包裹整張臉只露出雙眼，以至於我看不見他突然說出這句話時的面部表情，他應該不可能是笑著的，他這輩子從來沒有笑過。

「爲什麼心情很好？」

「我心情也很好。」他老哥緊接著說出同樣的話。

島深哥是笑容滿面的沒錯，所以我也笑得很開心。

筋肉反覆拉扯嘴唇表皮上的裂縫造成撕毀般疼痛，然後就再也沒有人繼續討論這個尷尬的話題。

一般而言地面對我來說比任何一座大樓內部都更像眞正的家園，雖然我不理解一般老百姓對完美家庭的奢望到底是出自何種低等心態，但我確實喜歡待在沒有臭味、沒有陌生人叨擾、沒有債主聘請的流氓會來毆打我的場所。這場所不一定要附帶遮風避雨的功能性，也不一定要光亮溫暖，只要有景仰我的人民甚至是生物存在就好，他們願意對我屈膝下跪，也願意承認我與他們在身分地位上絕對性的不同。此種組成結構等同我七歲前對家庭的模糊記憶，那是最快樂的一段時光，沒有任何老百姓及奴僕享有正眼凝視我的權力。

行走在大廈建構的社會中與眾生混雜求生對我來說無疑就是莫大屈辱，不論是去便利商店購物或搭乘大眾交通運輸工具的常態活動，我卻都有種被迫裸體在地上學狗爬、屁眼還硬插了一根帶梗紅蘿蔔的羞恥感。愚民對我展現任何看似禮貌性的舉動都形同嘲笑譏諷，他們根本不應該與我平起平坐地存在同一個生活空間。要不是當初接觸了地面這個令視覺、聽覺等五感都毫無用武之地的領域得以躲藏，我不可能安然存活到現在，早在高中畢業前就伺機對自己腦門子開上好幾槍了；要不是當初認識了哈密瓜人這個誠懇、恭敬、服從我的崇高種族，我不可能知道自己居然是超越偉人範疇的先知聖者，所以算起來我終究是幸運的。

自恃越高、靈魂越尊貴的人抗壓性越低。我能用另一種角度體會哈密瓜人躲藏地底的感受所以顯得很快樂，他們兄弟倆則應該只是因身體力行冒險小說般的情境而開心，興致高昂到連瞳孔都像MDMA使用者一樣放大了兩倍。

我們三人形成某種存在深海擁有自體發光功能的多細胞原始生物，循著一定方向速率在無盡黑暗中緩慢移動。朝日已開始西墜，仰頭連線狀天空都幾乎看不見的地面是我此生從來沒有見過的。前方探照燈可照亮範圍遠達五十公尺，無論如何前進這五十公尺內都只有比東區地面還稍微寬廣的灰色街道，但也頂多是比一個男人雙手張開稍長一點的寬度。

傍晚六點二十分，地面溫度零下四度，我們到達當初照順序第三棟被炸毀的廢墟邊角，截至目前爲止並沒有看見哈密瓜人或是任何異樣生物出現，也沒有超乎常理的自然現象產生。島深弟同樣被指派擔任照明及守衛工作，我跟島深哥則以比剛剛更爲敏捷的動作攀爬瓦礫以爭取時間。此處殘骸不像剛才那棟都已經被風化得粉般細緻，落入地基空洞深底，這邊依然保有許多形體完整的巨大牆面，遭攔腰截斷的粗硬鋼筋甚至圍繞成矩形的半開放牢籠，由此隱約可以判斷出原來建築物表面積之廣大。

「阿樂，你狀況還好吧？」

「我沒事。」

「什麼時候可以穿防寒衣？你看我弟弟已經變成那樣了。」

島深哥俯身扳開兩塊交疊石片當下，還不吝付出餘力關心我的精神狀態，只見他那獨自佇立在逆光中的好弟弟，不知從何時開始竟動也不動地緊抱著發電機在取暖。

「還撐得過去就不要穿。」

「你爲什麼會知道這裡有防空洞這種東西？」

「我下午去中央監獄找了林牧師，他是南區人。」

「林牧師以前在你家幫傭時，曾經被我弟弟用老虎鉗掐掉一大塊屁股肉，所以我到監獄找你前馬上就一眼認出他。」

「他不記恨你們嗎？」

「因爲他當時好像是正想對我弟弟做出什麼汙穢的事……這種自我防衛算正當了。」

「阿樂，」他把左手的鐵棒直直插進土堆裡。「你中午說要去做自己的事，是什麼意思？」

對於島深哥終於嚴肅地提出這疑問，我感到相當欣慰。

「我要在地底人類見證下得道成佛。」

「你在逃避什麼？」

「我沒有在逃避，那是我誕生在這個世界的唯一理由，我要成爲他們的賢君能神。」

「我知道高中時弟弟借錢給你的事，他偷開保險櫃被我看見。」

「你想表達什麼？」

「要是你離開我們，他會很難過的。」

「我沒有辦法繼續留在大樓裡，你也很清楚我一直以來都過著怎樣的生活，就像小學五年級時你曾跟你弟弟說過：『阿樂明明就很可憐，還裝作一副不在乎的樣子。』

「貴族王朝的世代從你父親死掉那時就已經了結了，你只要願意承認自己也是平民老百姓就不會那麼痛苦。」

「島深，請問你覺得自己是平民百姓嗎？」

「是啊，民主主義時代人人都是平民。」

我幾乎差點忘記，這個世界上最想推翻專制政權的人是島深哥，他那貪婪的父親就是帝國黑暗面的微小縮影。要是皇權未亡，現在他將必須形同他父親般服侍我跟兄長。

「我跟你不一樣，」

他並不了解最重要的一點，我尊貴的不只是血液，而是至上的靈魂，這跟政治體系如何改變完全無關，我也是直到這幾天才想通。

「我跟所有人都徹頭徹尾的不一樣。」

「阿樂……你該不會眞的白癡到以爲自己是神明吧？」

「六點五十八分！目前溫度攝氏零下六度！」

當腳邊忽然傳來島深弟的大聲呼喊，我無暇顧慮膝蓋關節將承受的猛烈撞擊，便直接由一整層樓高的斷壁迅速跳下地面。

我從他手中接過兩套厚重的聚脂纖維防寒衣，然後用力扔了一件給依然像傻瓜一樣呆站在廢墟上的島深哥。

「快穿！要變冷了！」

被粗心弄碎的灰屑因熱空氣對流開始出現飄移現象時，就等於告知地底深處的氣壓幫浦已經開始加溫運轉。

子民與我會面的關鍵時刻終於要到了。

「聖靈現身的時候終於到了……。」忙亂中島深弟用極微弱的音量對我耳語。

這時我看見第一個奇蹟，拉開層層圍巾顯露出整張面容的他，居然竊笑得跟個小天使一樣。

*

由東十三區那棟發臭國宅頂樓看得見中央區大廈升起的樣子，雖然視線得固定在一個很彆扭的角度，空氣中懸浮微粒也不能超過標準值，但在短暫的一年六個月間，我還是曾經親眼看見過好幾次這無機生命體延展的儀式。

夏季晚上七點、冬季傍晚六點一到，高壓電磁浮動力靜謐操控幫浦系統，整棟龐然大物就在無人察覺的吐息間伸長拉高，類似幼童擺放在地的黑色蛇砲被引燃後緩慢擴張。摩天大樓持續呈螺旋狀直挺挺地順時針旋轉，經過半個小時工夫後才能完結所有運作。由身處遠方的東區視點乍看之下沒那麼劇烈，事實上每分鐘都有將近五層樓高竄出地底。

我一直認爲自己的感官異常敏銳，甚至單憑聽力就可以清楚辨識升降系統何時運作、何時歇息，但這想法就科學角度而言是不合邏輯的，大樓升降裝置堪稱目前史上最巨大的無聲機械，發明團隊爲了完全免除擾民的離心力浮空感及噪音，用盡心血才終於研究出這套萬無一失的磁能機制。

我不知道就地面而言大樓升降當下將有什麼實際感受，但想必不會有什麼太過驚奇刺激的體驗。大廈是活的，它不一定會依照我們的喜好運作。

「大廈是活的嗎？」

我五、六歲時曾對母親提出過這個愚蠢的問題。

「大廈當然是活的。」

「我的機器人也會動，它是活的嗎？」

「當然是活的，」她把溫暖的手心放在我頭頂上。「而且它們的生命價值比一般老百姓都要高喔！」

「老百姓爲什麼會這麼低等呢？」
「因爲他們會對不相干的人付出同情關心，還甘願被奴役。」
「大廈不會對人付出關心嗎？它讓我們住在裡面，還在它身體裡敲敲打打。」
「這是它的生存方式。它的腳下有一個我們都沒去過的城市，是由很多很多條會吃人的街道組成，那是給大廈住的地方，擅闖的人總有一天會被黑暗吃掉。」
「被吃掉時會痛嗎？」
「不會，會死掉。」
「死掉會痛嗎？」
「不會，還可以聞到馥郁的香氣。」
「那大家爲什麼都不願意死呢？」
「因爲他們懦弱，人只要對不了解的事物恐懼，都會露出相當愚癡的表情，看起來很有趣。」
十多年後，我才終於知道自己被騙了，我第一次確信自己會死時，身體是疼痛不已的，而地面至今也沒有把我給吃了。
由發臭國宅頂樓的可開啓窗戶望出去，最顯眼的就是中央區三棟聳立的三連行政大樓，細細長長、表面全由反光防爆玻璃組成，使得它們在旭日東升的背光照耀下就像三根巨大螢光棒。那是整個國家形象的代表性建築物，設計師想表達的是一種堅毅、和諧的至高精神，但看在我眼裡卻跟這世界的愚昧大眾呈極大反比，尤其是當身處充滿瘴癘之氣的南角大廈邊緣，窺見表象美好的遙遠事物更加深了相對剝奪感。

從小我就寧願相信大廈才是眞正的生物，作息在大樓內的人類是虛假、超越時間空間的幻覺，所以他們才可以這般無視自己的臭氣、醜態，看著電視上演出窮人立志的故事情節而感動、聽著闡述失戀心情的歌詞而落淚，甚至美其名追求哲學、藝術的孤高價値觀，卻又沉淪小團體間的群眾生活。一直到長大懂事後，我才能面對自己是存在由這些人建構的世界，讀的是由這些人傳頌的歷史、念的是由這些人編寫而成的詩句。

大廈靜靜凝視一切，然後任由自身被恣意毀壞粉碎，至今絲毫沒有反撲的跡象。

超高大樓頂端有不少跟早餐大特惠招牌很相像的紅色閃爍燈光，那是一種外層包覆白鐵的高亮航空燈，如其名就是避免與飛機碰撞上的安全性機制。每日大廈即將升起前刻它才會開始啓動，從遠方看去相映在天際中會有好幾個紅色亮點一邊旋轉一邊升高。

每當我飢餓得因電解質不足而產生幻覺時，就理所當然與遠方亮起航空燈的大樓展開對話，它們總不吝回覆我或揶揄我，形同身分地位相當的眞摯老友。

好幾次慫恿我從二百二十樓窗戶跳下的，也是那幾棟大樓。

六月五日，他們兄弟倆親自來到烏煙瘴氣的東區地面找我，之後島深弟撥了通電話過來，並且在精神極不穩定的狀態下對我展露令人擔憂的情緒。

我戴著防毒面具、拿著話筒蓋了一條薄被單躺著；鼻翼不時莫名發出劇烈搔癢，手指卻摳不到癢處。直到對談進行了一半，我才清楚認知某件重要的事，足以改變過去我對島深弟的評價：一個行事作風極盡無厘頭、表情嚴肅、缺少恐懼感官的瘋狗。

「你確定會去大哥葬禮嗎？」

「當然會，你問過了，我有不得不去的理由。」我給了他一個堅決肯定的答案。

「但你這次回去後會發生事情。」

說完這句話後他停頓了五秒鐘。

「我殺過太多人了。」

「你殺的都是一些生命價值低劣的人類，根本不需要在乎他們。」

「阿樂你說過殺人會下地獄。」

「對，我也會下地獄。」

「上次交易時有票小弟內神通外鬼，想要獨吞一大筆貨，後來被哥哥抓到他們總共有十五人參與，他就把那十五個人綁住手腳帶到中央六區地面，命令他們排成一列……然後指使我照順序走過去……一個一個對太陽穴開槍。

「你不是會勉強自己的人才對。」

「我知道，當時我本來不想殺這麼多人的，但是大廈頂的紅燈一直在閃。」

「從地面看不到紅燈啊?更何況是白天。」

「我看到了，抬頭就看到了，好多紅燈霹霹啪啪閃個不停!它們都叫我開槍。」

「你可以不需要聽大廈的話。」

「我知道，但是我總覺得大廈在指使地面吃掉我。」

「誰告訴你地面會吃人的?」

「你啊……。從此之後，我不管在哪裡都聽得見大廈的聲音。」

我完全不記得自己曾經對他說過「地面會吃人」這種鬼話。

「大廈一直叫我去它們住的地方，它說：『地獄就在那邊。』」

「島深……你現在是不是有嗑藥?」

「沒有……也沒有喝酒，我人在捷運上……」他在話語中居然哽咽了起來，甚至開始啜泣。「我快要被吃了……阿樂……你要救我。」

「你到底在害怕什麼?」

「我非常了解……這個世界是為了阿樂存在的……你可以操控誰生誰死……」

「這些話是誰跟你說的?」

「你是上帝啊……大廈現在又盯上我了！大廈現在又盯上我了！大廈現在又盯上我了！大廈現在又盯上我了！」

我立即把右手撐著地板坐起，轉過頭看見窗戶外遠方的好幾棟大樓都正以超高速度無聲延展，時間是晚上七點整，航空燈開始交相閃爍，我呆望著那個景象維持了數十分鐘之久。

電話邊島深弟哭喪的面容令人無法具體化，從那次交談後我就再也不去思考這詭譎的超現實事件，況且當下戴著防毒面具的頭顱又悶熱又骯髒，鼻翼右側劇癢難耐原來是因爲攀爬了一隻米粒大小的蟑螂。

他不應該是個擁有恐懼情緒的人，也不應該求救，除了精神狀況極差之外我不想用任何前因後果來論述他的異常表現，他不嗑藥、不酗酒，連大麻都不抽。除非有什麼切確證據可以證實島深弟腦中的感悟力其實高過所有人；他與生俱來像乩童一般的敏感體質，壓抑在木訥誠懇的神情背後是龐大而走火入魔的怨念，過度殺戮的怨念。

我不知道該怎麼解救他，除非他眞的要被地面吃了，這「吃」也不能僅只是意識型態下的模糊說法，否則我不知道該怎麼去做，我不知道該怎麼救他，除非他眞的要下地獄了。

遠古時候貴族會僱請一種「食罪人」來吃掉祭祀已故親人的供品，象徵親人生前的罪孽都被消化分解掉而得以上天堂，所有業障都將轉移由食罪人概括承受，而擔任食罪人的通常是近乎餓死的窮人或乞丐。

如果島深弟眞將替代他哥哥犯下的殺生惡種被判入無間地獄，我願意為他食罪，畢竟告訴他「地面吃人」而在他聖潔心底留下恐懼的是我，雖然我完全不記得是怎麼回事了。我不能讓一個單純可愛的人感到痛苦，島深弟就像從未接觸過這世界的一張薄白宣紙，雖然被雙胞胎兄長揮灑上斑斑血跡，卻也只有一種顏色留駐在上面。

我願意在大眾見證之下為他食罪，甚至使冷血的島深哥遭受百姓輿論撻伐。

二十年前的都市大型更新計畫實踐得很成功，美其名是把舊建設更新、營造成更適合人類居住的大樓環境，事實上也包含摧毀封建極權表徵的文化大革命意味。

參天高的樓房數量在數年興建期完成後迅速增加，我幼年時最感興趣的、像機器人一樣會動的大樓變得比比皆是，低俗老百姓也群體遷移至這些無機生命體中居住與生活。不論眾人如何踐踏，時間一到，高壓電磁浮動力靜謐操控幫浦系統，地底裝置運作加溫，航空燈亮起，矩形大廈在地面高達數公尺厚度的基座外牆包覆下開始順時針旋轉，這儀式著實改變了人體大腦磁場，以至感官敏銳的人類接收到本該不屬於自己的悲哀與恐懼情緒。

我不願面對自己是否開始擁有「憎恨心」這低劣的東西，我也不願探究自己的大腦是否被大廈升降系統搞壞掉了。

只要任何人對我擺出低姿態、屈膝、表達崇敬之感，我將會義無反顧地為他或他們付出一切，包括生命與尊嚴，但我絕對不會去關心毫不相干的人事物，那是螻蟻般卑賤老百姓的人格特質，那是同情心的定義。

母親曾經說過這世界上好多建設是爲了我的誕生而建造的，我是父親最疼愛的一個孩子，她也說就算屠殺全世界的人命也要保障我的安危。

我問她：「這世界是爲了我存在的嗎？」

「當然是啊！」

「我討厭誰就可以要他死嗎？」

「當然可以，自古以來這都是王室貴族的權力。」

然後我在腦中盤旋了一遍所有傭人及保母、車伕的名單，才發現如果要鑽牛角尖的話任何人都應該死。

但如果眞把他們一概殺光趕跑，就必須非常費事地重新聘請三十幾名奴僕，所以直到最後我都沒有提出任何一個名字。

母親對我說這些話的時候我已經九歲，國家也早已改朝換代。

新政府在南區規畫了十七棟植木大廈工程同時展開建設，並預定以不到十年的超高效率完工，最後這些大樓就在我十六歲時輝煌落成。夏季晚上七點、冬季傍晚六點一到，大樓頂的紅色航空燈開始催眠親眼目睹的聰明人，直到旭日東昇、一百四十層樓以下潛入地底後才停止。

＊

島深弟的笑容純眞得很詭異，雖然他明明長得跟常保和睦的島深哥一模一樣，但這對歪斜的眼尾嘴角出現在他臉上感覺就是哪裡不對勁。

所以我遲疑了好一會兒才拉上胸口的三層拉鍊，心跳還差一點被冷空氣凍結麻痺了。

等到我們三人穿著完成附帶透明頭罩的防寒衣，時間剛好經過七點十五分，四周氛圍就如預料中的一點激烈變化都沒有，連冒險驚異的高昂期待感都隨著溫度消失。

「大樓眞的有在升起嗎？」

「向上看。」

我主動引導他們抬頭仰望，才發現難以辨別的深灰色天空區塊像是鬧門般逐漸縮小，兩個平行線把中間僅存的一點光明擠壓極細，然後就在人類眼部構造可視範圍內糊在一起。

身旁明明有數棟一百四十層高樓鑽出地底，居然完全沒有產生令人驚奇的震動或聲響，就算知道這是理所當然的科學邏輯，卻還是難以抹滅切身體悟視覺與其他感官間的交相矛盾。

「太平靜了。」島深哥皺著眉頭，像是剛看完一場難看的藝術電影，卻又因體表馬上接收到氣溫劇烈下降的變化而痛楚發顫。

「現在已經低於零下十度了，而且數字每分鐘都在減少。」

「難怪連打扮成這蠢樣子都會覺得冷。」

「這樣子很像太空人。」事實上比較像南角大廈處理醫療廢棄物的清潔工。

「阿樂……大廈已經升起，怎麼什麼事情都還沒發生？」

「對我們來說本來就不應該發生任何事。」

「所以你穿成這樣要向誰去顯現神蹟？地面連隻蟑螂都沒有。」

對談內容經由防護面罩傳送轉變成滑稽的機械音質，使島深哥的語氣更加顯得輕浮不屑，聽起來他有某種受騙後的失落感。

我帶領他們慢步走向最接近這處廢墟的標的，猛回頭一看面罩後島深弟的表情又變回以往那張撲克牌臉，這讓我不禁懷疑自己是否錯判他微笑的樣子。但浮現於黑暗中天眞無瑕的眼神又確實在我心底留下震撼，好像預告他即將沾染上什麼難以擺脫的厄運或宿命，國產電影中被壞蛋殺死前的女主角總是笑得很燦爛，跟個小天使一樣。

將近天際高的樓層頂開始傳出氣流撞擊壁面的猛烈風切聲，這風聲比任何地域聽到的都駭人，甚至帶有超乎意料逼近自身的沉重壓迫感。

日落西下後的南區地面非常吵鬧雜亂，大量流動空氣在各處廢墟瓦礫間穿梭產生鬼哭神號般的高低頻笛鳴。音波環繞我們三人個體外相互摩擦旋轉，這情景居然令我想起二十一、二歲才初參訪中央六區知名舞廳時，那種處在電子立體重節拍中煩躁又不知所措的負面回憶。當時沒有任何老百姓願意坦承自己是暴露於無助的抑鬱之下，只好藉由灌入酒精跟減低智商與道德標準等行徑使自己屈就環境、放縱嬉笑。我在踏入舞廳後的第五分鐘就從大門口離開，這離開的動作使我顯得高尙潔淨。

反觀此刻，尊貴如我都無法隨意爲逃避躲藏製造合理化的自圓其說，即便自然環境產生的氣候現象表現出極排外的姿態，卻也只能忍耐強風吹起廢墟碎石重砸在胸膛的感受前進。步行不到多久，三人個體之間就因失去交談的氣力而無言沉默。

但是，第二個奇蹟馬上就出現了。

踏進標的五十公尺前，我才在探照燈光直線範圍內，看見遠處有個噁心臃腫的身影在等待著我們，隨即立刻聽見左後方島深弟迅速舉起槍管上膛的熟練動作音。

那胖子雙腳下跪，左手緊抓一段類似人體手足殘肢的東西，還渾身沾滿濃稠發黑的髒汙血液。他白皙、毫無光澤的赤裸肌膚在強光照耀下竟然顯現出毛玻璃般的脆弱質感，搭襯凹凸不平的條紋狀大小坑疤，就像有數百條蠕蟲死亡停留在脂肪與眞皮組織間。

這醜陋形象居然毫無掙扎抗拒而存在凍結的黑暗中，不畏懼寒風的癡肥面容就像勇者般眞摯頑強。

「阿樂，那怪物……就是你所說存活在地面的人嗎？」

「島深哥，請你把燈光亮度關小一點，他的眼睛睜不開。」

當年監牢裡的唯一摯友，甚至可以說是我此生唯一崇拜過的人種，居然活生生地、恭敬卑微地跪在自己面前，這場景著實令我高傲自豪。

我獨自快步走過去，卻在越趨接近標的途中逐漸看見聳立在那哈密瓜人身後的巨大深紅色物體：一具直徑達兩層樓高的圓筒狀鋼鐵器械。

「這是……鑽地機吧？」

「祢是神明嗎？」他徐徐抬起頭。

「是的。」

「祢願意解救我們嗎？」

「當然願意。」

「先知說過某天祢會以凡人的姿態現身在我們面前。」

「所以我才站在這裡。」

「祢會解救我們嗎？」

「我說過了，我會。」

「人民已經快絕後了，他們害怕會被殺死，所以連天罰時的震盪都不敢離開地底，結果幼童紛紛因爲耳膜震裂失去性命。」

「爲什麼害怕被殺？」

「有好幾位在地面用餐的人民身受重傷而死，」他舉起粗短的手指向我後方的島深弟。「被祢的使者所持那種神器攻擊。」

「請問一下，」島深哥魯莽地蹲靠在哈密瓜人身邊，還拿出一張印有理胤堂幫主肖像的清晰照片。「你或你的同胞有看過這個人嗎？」

「照實說，沒關係，他也是我的使者。」我插入這句話的目的僅只是爲了減低哈密瓜人的警戒心，但島深哥的臉色卻稍微沉了下來，還對我露出意有所指的微笑。

「他是教導我們在地面狩獵的聖人。」

「什麼？」

「他告訴我們出現在地面的哪些人類可以食用。」

「這個聖人現在哪裡？可以帶我們去找他嗎？」島深哥急切提出他唯一關心的問題，這面容卻顯現如同他父親般的貪婪嘴臉。

「不行。」

「爲什麼？」

當在場還沒有任何人來得及回神反應，突然之間，哈密瓜人居然用盡全身的力量跳起把島深哥撲倒壓制在地！

島深哥慌張恐懼的臉龐就像即將溺斃的小土狗，歇斯底里地狂亂吼叫，死命翻轉扭動身軀。

眼前溫馴子民超乎預料之外的狂暴舉動著實令我困惑，甚至完全無法憑藉下意識正確判斷出解救島深哥的對應措施，只好呆站著任由這般怪奇扭曲的纏鬥景象持續進行。過了不到六秒鐘，島深弟向哈密瓜人滿布裂紋的大屁股開了一槍，子彈穿透骨盆，鮮血噴濺至整個厚實的白皙背部，順著腰際兩塊肥肉間的夾層滴落下來。

哈密瓜人沒有半點哀號，只是被推開後就仰躺在地面，雙眼無神地凝望著本來應該是天空的位置。

「你爲什麼要攻擊他？」

「聖人說……這個人是惡魔……遇見一定要殺了他。」

「你爲什麼這麼肯定是這個人？」這句話是多問的，怎麼想都知道松老會指稱惡魔的對象絕對是島深哥，但我只是想了解處在透明防護面罩後的兩人外觀到底哪裡不同，爲什麼連視線正向強光照耀下的陌生人都可以輕易分辨？

「那位手拿神器的使者……能和我們一樣以意念與地底人民溝通，他從剛剛開始就一直慈愛地在笑……」

他話還沒說完，跌坐在地上的島深哥就和我同時回頭看去，只見島深弟確實是舉著槍管笑得很開心，從腦勺後投射出的探照燈使他光明璀璨。

「弟弟，你怎麼了？爲什麼在笑？」

島深弟跟白癡一樣毫無反應，看起來卻格外陰沉，像中邪。

「弟弟，你怎麼了？」

我蹲下身攙扶起哈密瓜人，讓他的手臂搭靠在我背上，緊貼他腋下的右肩不斷磨蹭乾燥粗濃腋毛，雖然隔著好幾層防寒衣卻依然彷彿找回熟悉的觸感，我心中撼動到全身顫抖，甚至體會將近高潮的喜悅。

時間越來越晚，高處的強烈冰冷氣流越來越猖狂，失血過多的哈密瓜人在不可思議的低溫中存活，但終究連嘴唇都變白了。

「我先把你帶回大樓醫治，等你好了就帶我去找你的族人。」

「不，祢把我留在這就好，我會變成食物。」

「再晚一點你會被旋風粉碎。」

「人民的聽覺很敏銳……我們所有對話都已經傳進他們耳朵裡了。惡魔在……他們會害怕，等你們離開，他們就會現身，然後吃掉我。」他依然抬頭仰望著本來應該是天空的位置。

「好，那我把帶來的兩箱食物放在你身邊，以後我都會帶食物來。」

事情搞成這樣，我一點都不想離開地面，我本來就不想離開地面，我想要藉由這可遇不可求的悲壯情境讓所有子民都能親眼目睹神跡，但累贅的島深兄弟卻無法獨力找到通往大廈出入口的路徑，況且再過不了幾個小時，旋風將會開始進行自然消毒的程序。

「祢要解救我們……。」

「我會，只要你們崇敬我。」

「這鑽地機跟我手上的食物是特別獻祭給祢的，祢一定要帶走……祢不帶走我們也不敢拿回去。」

「鑽地機不會被吹壞，可以留著當地標，食物我會帶走。」

「我好想跪拜祢……親吻祢的腳趾。」

「沒關係，你靜靜地死，還可以聞到馥郁的香氣。」

「聖人在不久前自願成爲食物，」他用僅剩的力量抓起那跟冰棒一樣僵硬的殘肢。「他說他老了……。」

「我會好好享用。」

再來，這哈密瓜人就像眞的聞到香氣般擴張鼻孔。

強烈光照中可以清楚看見他的鼻毛布滿結晶組織液，我這才理解他一直是以意志力撐著裸體暴露在低溫裡，當我告訴他已經可以死的時候，他就即刻死去了。

我拎著松老的屍塊從容站起身，緩緩走回拖板車邊。

「島深哥，你可以安心，你老大已經死了。」聖人死得很偉大、很壯烈。

「阿樂，我弟弟說他以後都要跟著你來地面，他很開心。」

「我以後要跟你一起解救這些人。」島深弟像隻小貓咪般笑瞇了雙眼，還把手槍扔到地上。

「你不怕被地面吃掉嗎？」

「就算被吃了也會有上帝來解救我。」

「對，我會救你。」

「阿樂你看，」他把右手舉起直直指向天空。「有好多紅燈在閃。」

「是啊。」我連頭都還沒抬起就敷衍回應他了。

屍塊被我順手丟進菜籃車裡居然發出鐵塊相撞擊的鏗隆一聲，然後遲了好一會兒島深弟才察覺沾染在我防護衣上，哈密瓜人濃稠乾涸的凝結血液。

「我是不是殺了那個人？」

「他是一個勇者，是他自願死的，你所做的只有傷害到他的大屁股罷了。」

「他被地面吃掉了嗎？我也要被吃掉了嗎？……我也要被吃掉了嗎？……我也要被吃掉了嗎？……」

脆弱情緒就在一句話語改變間急轉直下，我只好用力抱住他以抵禦逐漸透露出的恐懼與悲傷意念，然後嚴厲直視著站在一旁置身事外的島深哥：

「不要再叫你弟弟去殺人了，他已經承受不住了。」

他接收到我將近責備的命令式語氣後，深吸一口氣，還歪嘴笑了一下。

「對不起，是我把自己親生弟弟搞瘋的，我以為他不在乎。以後就麻煩你照顧他了，」他邊說邊抬起拖板車上的兩箱麵包放置在地面。「我覺得你們兩個……很愚蠢……」

島深哥說的一點都沒錯，而且我完全可以理解他為何會提出這樣的看法。我跟他弟弟在他眼中眞的像是白癡一樣，一個因爲無法融入社會而成爲自以爲是的救世祖，另一個則單純因爲過度壓抑而把自己搞到腦殘，這兩個人卻又可悲可笑地相互包容關懷。

「我已經飢寒交迫了，阿樂，可以麻煩你帶我們回到幫會所嗎？」

現在時刻晚上八點零三分，離第一道旋風吹起前其實還有好幾個小時足以安全走往通地出入口。

郵政中心大樓剛剛升起，原本通往地面那扇門已然轉變成懸掛在一百四十一樓外牆的詭異窗戶，所以我必須帶領他們走到南區正中央一棟聚集了許多骨董商人的商場大廈，從這個標的啓程約需耗費四十分鐘才能抵達目的地。那僅只有兩百五十層高的樓房跟東十三區南角大廈一樣，都隸屬於在都市更新計畫中意外倖存的老舊建築物。

離開前，我曾考慮過躲藏在某處偷看地底人民竄出爭食的姿態，但想到往後獨自前來將更有效率才作罷，畢竟現在最緊要的就是把島深兄弟平安送進中央二區理胤堂幫會所，並回飯店房間沖洗熱水澡驅寒、吃宵夜；到大賣場採買將要供給人民的糧食、飲用水，如果還有閒暇時間就再帶島深弟去醫院精神科掛號拿個鎮定劑。

氣溫零下十八度，乾燥無水分的大樓外牆基座竟然出現像霜雪一樣的不明物質。肢體緊貼著植木大廈邊緣反而是溫暖的，那是因爲升降系統連動了加熱裝置的緣故。

我居然忘記告訴哈密瓜人及處在地底表層竊聽的人民：上帝都會拖拉掛有早餐標示的菜籃車現身，木板招牌上還會裝有一閃一閃的LED燈。

這鮮明形象定將成爲壁畫或詩歌永久流傳於地底子民的千古後世，絕對比穿著浴袍的耶穌基督或腦勺鑲有黃色圓盤的佛菩薩肅穆莊嚴多了，他們只是俗世塑造的偉人，我不想成爲那種偉人而被記錄在神學歷史上。

「被吃掉了嗎？……被吃掉了嗎？……被吃掉了嗎？……」島深弟放空的雙眼毫無神采，像是一具行屍走肉般碎步跟在我們身後，口中還不斷念念有詞、重複完全一樣的簡單字句。

菜籃車被改放在拖板車上原來那兩箱麵包所佔據的空間，由我跟島深哥一人一台緩慢拖著行走。

沿途經過一處因地勢低窪幾乎沒被旋風破壞過的廢墟，當探照燈光照映在瓦礫堆上時，我們都震懾於這壯觀的遺跡殘量而停下腳步。

「阿樂，這些被炸毀的大廈原本有多高？」

「至少都有兩百層樓以上。」單單眼前這攤四散分解的殘骸就達到二十層樓高度。

「地面居然還眞的有人存活……你覺得政府知道這件事嗎？」

「應該知道，但他們漠不關心，因爲這些人類跟被放逐到北區極地差不多，時間一到就會自生自滅了。」

值得慶幸地，島深哥這如此頑固的俗人居然會就此承認地底人民的實際存在。

數陣狂風吹透巨大斷裂牆柱而產生撼動方圓數十哩的極高分貝駭人笛鳴，如果眞要形容就像是幾千人將被集體屠殺前的恐懼哀號，相較於無盡黑暗更讓聽聞者切身膽顫。

「我弟弟會發瘋是有預兆的嗎?」島深哥不爲所動地繼續提出問句。

混亂氣流削過聚脂纖維製成的防寒衣,褲管旁側也發出揉捏厚質帆布般的劈啪聲響。

「你們來東區找我那天,他有打電話給我說不想再殺人了。」

「你爲什麼不告訴我?」

「我以爲他嗑了藥,沒想到居然是起乩。」

「什麼?起乩?」

「他說了好多我母親曾對我說過的話,還說地面是地獄、我是上帝。」

「剛剛那個胖子倒是眞的很像地獄裡的角色,要不是有防護面罩,我想他身上應該有股難聞的臭味。」

「他的毛細孔會散發出酸臭的味道,像嘔吐物。」

「你爲什麼知道?」

「我很喜歡那股味道。」那就是記憶深處哈密瓜人體表汗液的味道,當它浮現在腦海時

我莫名興奮地起了雞皮疙瘩。

「我弟弟……現在像個智障一樣。」

「他的一部分已經被吃掉了。」

「哪一部分?」

「腦顳葉。」

「是誰吃的？」

「我。」

「我實在很難理解你們這種抽象的溝通方式，誰吃了誰這麼意識型態的言詞聽了就令人火大……如果要參與話題就得跟對著嬰幼兒用疊字溝通一樣。」

「叫他去殺死正文組那個情報販，大概是壓垮駱駝的最後一根稻草。」

「原來是你幹的。」

「理亂堂幫主的屍塊在我菜籃車裡，回去後你可以編一個某人當時就把大哥屍體藏到南區某棟建築內的謊言，然後重整幫派。」

「阿樂……」

「怎麼了？」

「謝謝你。」

他說完這句表達感謝的簡短語句後示意我繼續向前走，我在一頭霧水的狀態下用力拉了呆滯的島深弟一把，然後拖著所有裝備往南區中央深處慢慢移動。

島深哥算是正直的好人，他可以為了換取權力地位不惜犧牲別人的性命，卻對身為他心頭最大疙瘩的我相敬如賓。我不知道他是懼怕我還是憐憫我，但從任何一個角度的實際面看來，他都有與我保持友誼關係的相對交換條件。我是情報販子，他是黑道幫派的幕後領導者，多年來我們一直維持著魚幫水、水幫魚的共生狀態，我需要龐大金錢以平衡生活品質、他需要營造成功的策略一步步向金字塔頂端攀爬；島深弟則悲哀淪落成沒有自我意識的屠夫。事實上這不能完全怪罪於他哥哥的粗心安排利用，我到今天之前也一直認爲島深弟是沒有情緒、沒有思考的特異人種，所以全然不在乎他雙手沾滿鮮血的痛苦感受，甚至佩服、讚譽機器般無慾的行爲模式。我忘了在十七歲，他偷開家中保險箱拿出鉅額鈔票時，到底是對我付出了多少同情與關心，卻壓抑著表現出冷血遲鈍的樣貌而不讓我有覺察自尊被踐踏的感受。每當我被毆打得滿臉是血躲藏在中央車站公共廁所，他來找我聊天前都會先點燃一根香菸置放在地上，說是祭拜被迫離開自體的至高尊嚴。這種肉麻行徑居然沒有讓我及早意識到：島深弟也只是一個擁有過度愧疚心的普通人類，甚至還單純地以爲他是在耍寶搞笑。

興建高聳入天的超高大樓建設首先出自於我曾祖父的主意，只是權力交接後的新政府把一切無聲暴力擴大誇張後再合理化，以致聰明敏感的人類看不見潛藏在閃爍紅光後是多少怨念詛咒泛起的巨大漩渦。

島深弟就從大廈由地底升起、磁能混亂的那刻開始邏輯暴走。

若眞要歸咎起來一切罪孽都該供我一人償還，地底人民的呻吟、島深哥的貪婪、島深弟的瘋癲、發臭小妹妹的喪父、伊月的死、哈密瓜人的死、松老的死、阿虎的死、母親的死……若眞要歸咎起來一切錯誤都該由我一人承擔。我要是眞的神明，就應該有人把我放上十字架，我願意爲所有人食罪，只因爲我是至高的，只因爲殉道是受眾人景仰的唯一途徑，只因爲眾人會打從心底尊敬爲與自己不相干角色犧牲奉獻的行爲。

我終於想通這俗世不成文的道理所在，卻不由自主地作嘔起來。

悲慘了這麼多年，或許眞的要在今天開始走運了，我眞的向著神之領域踏去了。

南區深處的大廈數量沒有這麼密集，我們三人竟意外地可以肩並肩在街道裡穿梭遊走。即將到達通地出入口的五分鐘之前，供應探照燈運作的大型發電機突然故障失靈，我們只好改持手電筒在伸手不見五指的陌生黑暗裡釐清每一個直角交會。

由高處傳來的陣陣寒風聲依然猖狂紛亂，就算把頭向上抬高還原地轉了一圈，卻始終無法從地面任何角度看見大廈頂端閃爍的紅點。

腦顱葉中央區是一個奇妙的區域，如果這部分壞死了，也不見得會有太大困擾，頂多讓所有接收與反應能力消散歸零，人格退化到浮游在羊水中的狀態，就像意識被吃掉了。

就像白癡一樣。

數天後的傍晚我接到關於理胤堂代理幫主正式接掌職務的消息，也才知道島深哥當時爲什麼要如此眞摯地對我道謝。

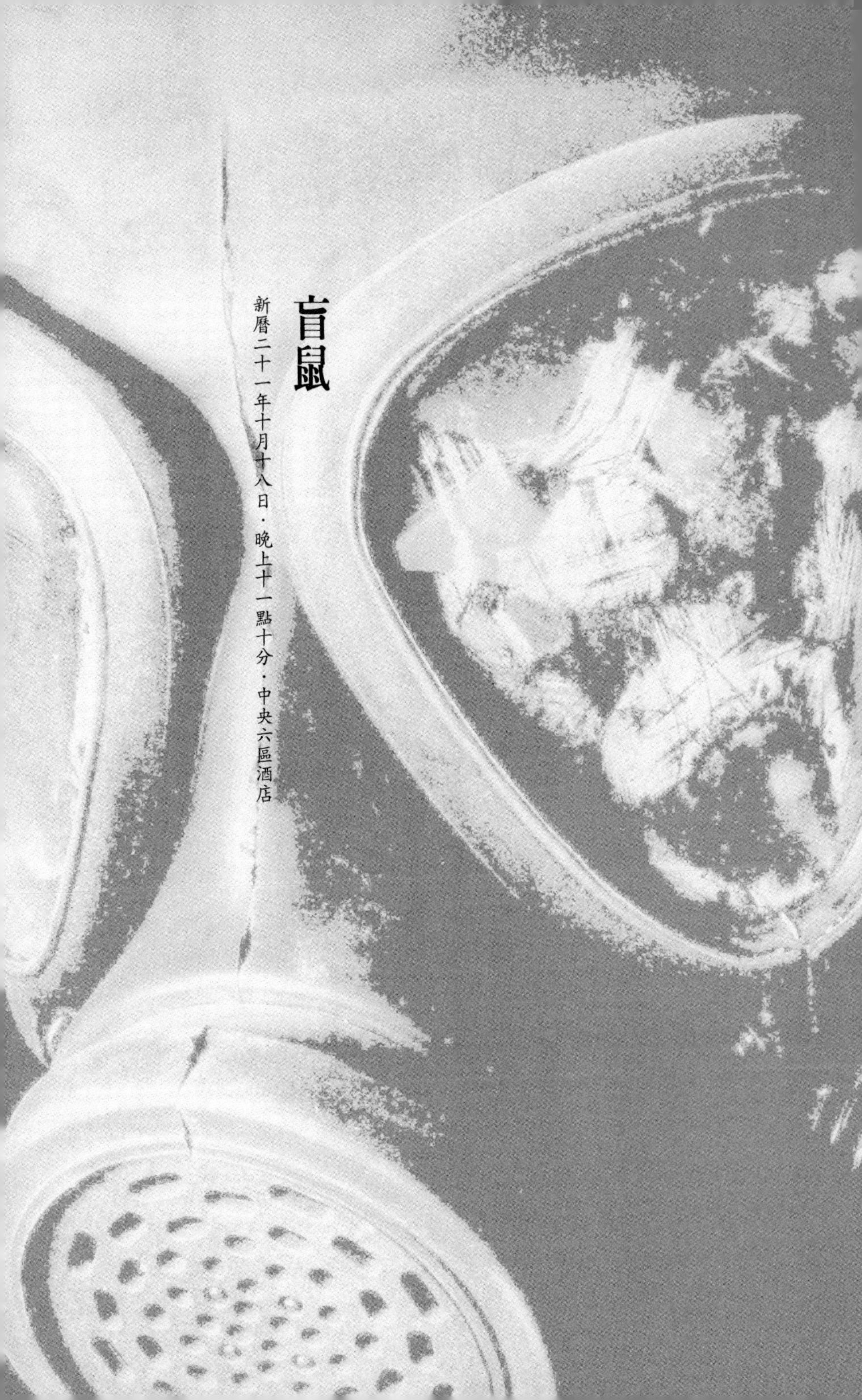

盲鼠

新曆二十一年十月十八日・晚上十一點十分・中央六區酒店

「我媽媽死了，上個月底社福人員才聯絡到我，他們說我媽媽在六月中就死了，國宅頂樓莫名其妙失火，餿水生成的瓦斯又引起爆炸助燃……。」

「記得妳以前說過或許會放把火把妳媽給燒了。」

「結果我沒做出任何事，她還是被燒了。」

發臭小妹妹紮起不符年齡的晚宴包頭，並穿著一件在腰際後鑲有蝴蝶結緞帶的平口露肩小洋裝，粉櫻色雪紡紗與輕薄質感使她的後頸肌膚更加顯得柔白細滑，鎖骨凹陷處的線條稜角也不再那麼銳利。

任所有顧客在對話過程中都會不自覺去想像她被扒光後側躺在被窩裡扭動的淫蕩模樣，也難怪長年以來淺色小洋裝均無疑成爲酒店小姐和高級妓女們的制服標準。

她還噴了香水，那種香味介於廁所清潔劑與梔子花之間。

「妳會憎恨她嗎?把妳生在這種家庭。」

「要是有輪迴的話，我想要投胎成跟現在的自己完全相反的人。」

「妳想投胎成男人嗎?」

「當然，我想投胎成一個有錢有權有勢的黑道老大。」

她用口布抵著瓶底斟酒的方式看起來很世故。

「妳正式開始工作了嗎？」

「還沒有，今天是因爲阿樂哥指名，媽媽桑才會特例讓我坐在這，通常我只能負責遞毛巾跟夾冰塊，所以也沒有自己的名片……島深大哥倒是已經說好要幫我取花名了。」

「聽起來他對妳很有興趣。」

「兩個月前我才知道原來『島深』是雙胞胎，我第一次見到那個島深是弟弟，後來就都沒有再見到他了。」

「之前他每天晚上都會跟我去南區地面。」

之前還不知道是否因爲多了一個島深弟在場的緣故而造成此種結果。

從七月中旬到九月入秋，我們每天不間斷地把食物置放在南區地面那台鑽地機旁，通常是鐵桶裝的薑糖和壓縮麥麩餅之類的急難乾糧。但是一直到深夜氣溫驟降、旋風吹起前都並未看見任何地底人民或哈密瓜人過來搬取，所以始終無法確認食物眞的是給他們拿去吃光了？還是白白凍結消散在狂風中了？

「阿樂哥最近有在地面賣早餐嗎？」她碰觸了一下插在左耳的一朵純白梔子花。

「不，我現在沒工作。」

我急需親眼見證崇敬我的子民具體出現，所以下定主意婉拒島深弟多事的陪同探查。

當我毅然決然提出要求時，他卻立即爆發歇斯底里的失控情緒反應，甚至口口聲聲說到要消滅惡魔、阻止末日來臨、斬斷世界聯繫……等等聽似抽象的強勢預言。

當然那原本就極不穩定的精神狀態又再度瀕臨難以壓制的崩潰邊緣。

九月初開始，島深哥索性在取得我同意之下把他送進醫院作強制拘留療養，往後我獨自在旭日東升之際就到達南區地面遊蕩，並茫然等待任何一個地底生物現身的機會。

地面收不到手機訊號，所以也無法順便接洽些黑市買賣交易的聯絡工作。大略來說我每天只有晚上十點半到早上六點是待在大廈裡的，其餘時間都呆坐在那台深紅色的鑽地機前整理畢生曾輸入大腦的邏輯思緒，結果至今連個屁都沒整理出來。

「島深大哥說阿樂哥是邏輯能力很厲害的人，連他都要聽你的話。」

「因為他就是靠我的大腦才能接掌理亂堂。」

我不願想起那張嘴臉，他在人前毀謗我、人後讚譽我的怪異嘴臉。

自從接掌幫主以來，島深哥無時無刻都在與黑社會相關人士的交談中嘲諷我，說情報頭子阿樂白癡到自認為是地面人民的上帝，還不求回報地貢獻大量糧食及衣物、消耗品，搞了半天到最後連隻下跪膜拜的蟑螂都沒看見。

我了解他的目的只是要把我逼回專業領域的工作職務上，好跟他繼續保持合作關係甚至加入幫派組織，理亂堂也才能穩定擴張喪盡天良的黑市毒品槍械交易。

七月十八日的深夜回到中央二區大廈後，島深哥瞬間轉而改口說根本沒有地面人民這種東西存在，如果此論點屬實，三個月前在南區地面撲倒他那黏呼呼的噁心胖子又是誰？爲什麼已經親眼見證超乎現實聖蹟的人，事後卻始終頑固地無法坦誠眼見爲憑的事實？

這例子要是發生在遠古神治時代，上蒼必定會將他公然劈成碎塊以示天誅，現在的我當然也有能力親手剁爛他再棄置地面，不過冒然執行意氣用事的衝動殘殺一點意義都沒有，畢竟他是個極度危險的角色，也就是城府極深又半吊子的民主主義獨裁者。

我會向所有人證明自己是上帝，是極權的上帝。

「島深常常來找妳嗎？」

發問同時我不自覺瞪了小妹妹一眼，隨即幽幽地撇開視線。

她接收到我強勢的語氣卻沒有露出半點膽顫的模樣，還繼續把雙手放在大腿裙襬上微笑著，那笑容相當職業化。

「兩個月前他才第一次來找我，他說他剛剛接下幫主職務，之後每個週末都會來……大都是聊一些無趣的話題，其中也不時會提到阿樂哥。」

「除了腦袋好以外還提到我什麼？」

「他說阿樂哥曾經是貴族，阿樂哥的父親、祖父、曾祖父都是我們所知道的大統領。」

「他說的應該不只這些。」

「他說東十三區之所以會這麼窮苦，都是因爲阿樂哥的曾祖父害的……。八十年前那個大統領執意興建超高摩天大廈，卻意外引起強烈旋風跟海嘯而害死好多人，所以他又強迫聯合國把整個陸地用高牆圍繞住，原本靠海的東區漁業就荒廢了……」

她站起身替我倒滿三分之一杯紅酒，收尾時還順時鐘轉動了一下焦糖色的瓶身。

「但是島深大哥也特別強調，阿樂哥是跟先祖不同的善良好人。」

「妳覺得呢？我是善良好人嗎？」

「最起碼阿樂哥對我很好。」

「島深也對妳很好。」

「他的確對我很好，除此之外他還是我崇敬的那一型。」

「因爲有錢、有權、有勢才會崇敬他嗎？」

「他很重義氣也很謙遜，他說自己今日會有這種成就都是靠阿樂哥的幫忙。」

「聽起來我像是他的得力副手。」

「他要收我當乾妹妹。」

「這是掩飾自己身爲戀童癖的卑鄙方法，」我一口氣就乾掉那三分之一杯紅酒，整瓶價值不斐的高級陳年酒也差不多一滴不剩。

「那人渣明明知道妳才十二歲。」

腦血管被酒精栓塞的生理現象居然是可以察覺到的。

「阿樂哥好像變了，變得很易怒……。」

「妳也變了，變得像隻老經驗的雞。」

「我也跟阿樂哥一樣舉目無親了。」她回答得很機伶。

「我現在包妳出場，要去療養院探視一下島深弟。」

「這麼晚了……為什麼要我一起去？」

「要討論如何剁爛他哥，妳可以提供建議。」

我把厚厚一疊七萬元現金鈔票就壓在透明水晶製的菸灰缸底，隨即用力拉著小妹妹的手臂離開這裝潢得像個黃金宮殿的酒店包廂，沿途服務人員見狀還來不及彎下腰說聲「謝謝光臨」時就已經被肅殺的氛圍推擠到牆角。

她在抵抗與拉扯下依然沒有顯現出任何不悅或痛苦的面部表情，我只好於指頭尖端使出更大力氣緊抓她瘦弱的臂膀，才終於得以聽見「啊！」一聲輕柔嬌喘。

當然，她白嫩的肌膚上又再度浮現淡淡黑青色的微血管破裂痕跡了。

島深哥沒理由棒打落水狗，他沒理由憑佔據我指定的女人來凸顯自己的意氣風發。幾個月前他還嫌棄這小女孩很臭、連陰毛都沒長齊，現在卻可以為了剝奪我僅有的尊嚴而違背自身好惡意志。

就算到了今日這種時局，島深哥依然毫無改變，他依然是以包容為主體在跟我互動，卻擁有堅韌無比的自我中心意識。無論就實際面或多數愚昧大眾的觀點來評論，他都是毫不懈怠地在引導我走向美好生活的正途。加入理亂堂這件事坦白來說一點缺點都沒有，可以擁有用之不竭的金錢收益、穩定的工作步調，就專業情報販而言也不需對身爲幫主的島深哥屈膝低頭，這無疑將是我闖蕩一生最安逸美滿的結果，也是島深哥用盡心思安排我走往的道路。但若就事論事撇開結果論不談，他已經大大低估了自體尊嚴的不可抹滅性，也輕忽了自恃甚重的皇權遺子對於獨立意志的執著。我需要有人在我面前下跪，也需要有人證明我在人間的地位是不同於平民老百姓的，所以我甚至無法忍氣吞聲維持現狀，天天抬著一箱箱救援物資盲目擺放在地面同一個位置，盲目說服自己正在進行著跟地藏王菩薩一樣偉大的救贖工作，盲目燃起被地底人民景仰的自信心。對哈密瓜人付出的同情就像是某種罪惡循環，他們曾經在我最低潮時表達出崇敬態度而解放自卑的靈魂，但當我知道他們正同樣遭遇身體及心理的恐懼危難時，又相反過來全力支援足以延續他們生命傳承的必要元素，這麼做也只是爲了再度感受他們向我表達出崇敬態度而解放自卑自棄的靈魂。

島深哥很愛我，也從小就把我當成牽扯進世代冤孽的假想敵。他一直都很明確地表達了幾點簡單邏輯，只要我身體力行他所提出的建議，就等同於默認他才是眞正對的：

第一，老百姓覺得他是成功的，他就是成功的。只要能暫時拋棄尊嚴，像當初的他一樣甘願屈就黑道幫派的跑腿小弟，終將有獲得至高權位勢力的一天。

第二，民主制度快速影響世界而成爲正知正確的政體，就是因爲低下眾生一直誤以爲自己擁有參與國家決策變化的機會。要在這樣的環境下出頭就必須加入群體組織和芸芸愚者同流合汙，就像他坦然自稱爲「理亂堂成員」一樣，他曉得如何在團隊精神至上的社會觀念洪流下引導趨勢、打壓他人再造就齊頭式的殘酷平等，而這手段基本上跟民意代表沒什麼兩樣，都是民主主義下的半調子極權者。

第三，與生俱來的天才是罪惡的，人民完全無法接受沒有付出過努力的人擁有成就，他們根深蒂固地認爲那成就必定是罪惡的。他和所有具思想的黑幫大老，甚至松老一樣全心抵禦世代傳承的種姓階級，包含意念上、智力上、財富上、外貌上，只要是出生就特別享有好處的人終將遭受驅逐排擠。如果命運不幸就剛好符合其中一項，也得抱有不被大眾承認先天長才的心理準備，最後淪落成再普通也不過的俗人。

只要放寬心認可以上幾點是對的，一切自古以來的世代冤孽都將結束，人人平安祥和，盲目地征戰、盲目地寫下歷史、盲目地毀滅。

這些論點乍聽之下如同入世眞理，但我僅需完成一件超越邏輯的蠢事便可以輕易推翻島深哥，甚至所有世人的迂腐觀念：就是讓老百姓親耳聽聞哈密瓜人與地面人民曾對我的景仰跪拜，並由他們親口說出關於救世主的眞實證言。

就算我苟活了七老八十還遲遲未表達立場，島深哥也會以事業有成之姿站立在靈魂高處靜心等待。每當我因受挫而失足時，他都會不吝伸出雙手拉我一把，然後繼續優雅愜意地歪嘴微笑著。最後，不論我們其中哪一人先逝去生命，贏家都不會是我。

我急需證明自己。

基督如不展現治癒傷患的神蹟，沒人會知道他是耶穌基督；上帝如不降下豪雨毀滅世界罪惡，沒有人會理睬無盡神威壓抑的憤怒力量。

上個月初之所以會斷然同意島深哥把他弟弟關進精神科病房，主要是因爲將作爲關鍵人證的地底人民及哈密瓜人遲遲沒有再現身，而流言嘲諷甚囂塵上更讓我備感顏面掃地的巨大壓力。我一度誤以爲如果少了島深弟的隨侍，或許就有機會親眼目睹他們從深闇地心竄出的詭譎姿態；而島深哥也不需過度擔憂事業如日中天當下的意料外生命危險。

所以我跟惡魔合作，最後一次水幫魚、魚幫水地共生合作。

島深弟是傑出的殺手，雖然他一度發狂揚言不再見血，但若他執意要殺死哪個人的時候，那當事人幾乎就不會再有僥倖存活下去的機會。

我必須詢問他堅持取島深哥性命的動機爲何，也必須向他誠摯道歉，因爲哈密瓜人不現身的原因似乎和他在場沒有關聯。

指示他消滅雙胞胎哥哥的是大廈頂端的閃爍紅燈，哈密瓜人也必須經由他召喚才會出現。

讓生活在大廈中的卑劣老百姓深知、體悟我所摯愛的地底人民確實存在，當故事沸沸揚揚傳得正壯烈的前一刻我會死，並在子民見證中幻化，這是驅使我成爲眞神唯一的條件和代價。

「我可以先穿上一件外套再走嗎？」小妹妹離開酒店大門前奮力甩開我的左手。

「不可以，」我立即轉過身就把兩隻掌心緊貼在她塗滿妝粉的臉頰上。「妳再拖拖拉拉的我就槍斃妳。」

「好難想像阿樂哥四個月前餓到奄奄一息的樣子……。」

「妳說過妳父親被討債的指示往中央區地面走？」

「嗯……他們說我哥哥在中央區跟南區交界的某條街。」

「妳爸爸當初要是眞的誤走到南區附近，他現在就還有存活的可能性。」

「什麼？」她雙眼瞪得好大，像羚羊一樣。我只好趁著她還因驚訝而呈現童稚容顏的狀態中親吻下去，用舌尖濕濡軟嫩的上下嘴唇，然後繼續拉著她走出那扇雕花拱型大門。

我並沒有對捏傷她手臂這件事感到愧疚，事實上這一刻又像回到了躲藏東十三區的清貧時光。

又過了將近五十分鐘才到達醫院，進去前還耗費好一番工夫說服管理員讓我們在非開放時間來訪。醫院位在中央二區理胤堂幫會所的同一棟大廈裡，那是一間不論手術設備、醫護人員都相當專業高級的大型私人診所，島深弟就被拘留於其中最頂級的精神科病房。

寬廣房間中純白色的牆壁全都貼滿防止病患撞擊受傷的海綿軟墊，白色拼接地板是軟的、白色人造皮沙發也是軟的、移動式餐桌邊角更是黏了一塊圓弧形安全矽膠套。如監牢般無隔間的套房面積足足超過六十坪大小，卻沒有半扇氣窗或是得以和外界溝通聯絡的求救裝置。

「你還好吧？」

只見剃了個大光頭還未入睡的島深弟兩眼無神蹲坐在馬桶蓋上，不但雙手被肉色彈性繃帶交叉綑綁拘束，額頭還纏繞了好幾圈含有外傷敷料的蠟黃紗布。

「阿樂，你殺掉他了嗎？」

「沒有，他現在是黑道大哥，要殺他很麻煩。」

「我每天衝撞門板，想要硬跑出去殺了他，結果連頭都撞到流血了。」

那扇白門也是鋪著軟墊的，如果能單純因爲撞擊它而受傷不知道是怎樣地竭盡全力？

「你這地方簡直比南區舊監獄還糟糕，我一走進來馬上就頭暈了。」

「我們坐牢那時……好多人都撞牆自殺，被關到變神經病的機率也只有一成，這裡卻是一定會先把人變成神經病……然後再企圖撞牆自殺未遂。」

我猛然回頭一看，才發覺門板上方眞的沾有大量怵目驚心的斑斑血跡。

「島深弟，這女孩你記得吧？」我從背後用力推了一把呆滯中的小妹妹。

「您好……謝謝您的照顧，我已經在中央六區工作四個月了。」小妹妹則是生澀緊張地客套了一句標準台詞。

「我當然記得她，我哥哥很喜歡她，還一直說她長得像麵包店老闆的女兒。」轉過視線仔細端看站在左側畏畏縮縮的小女孩，她是雙眼皮，麵包店那小姐是細長的單眼皮；她是圓臉，麵包店那小姐是鵝蛋臉，不知道哪位圖形認知方面的智障會覺得她們倆有任何一點相似之處？

「島深弟，你當初到底爲什麼會打死那個麵包店老闆的女兒？」

「他們店後面的烘焙室……也就是烘烤麵包的營業用大型烤箱上方有小小一盞燈，只要設定時間到了……麵包烤好了就會亮起紅光……」我知道那種烤箱，金屬色的下掀門式烤箱。

「紅光剛好在我跟她談話時不停閃爍，計時器也發出『嗶！嗶！嗶！』的尖銳聲響……烤爐上的紅光就像大樓頂的航空燈一樣指使我殺死她。」

所以，我應該在初中一年級以前，就跟他說過地面會吃人這句話。

「末日要來了嗎？」

「如果救世主執意證明自己，就得先除掉惡魔，否則將會害死所有人。」

「在理智上我沒有理由可以殺他，雖然我很想殺他，但是他沒有做出任何決定性的壞事。」

「不殺惡魔就不得顯靈。」

「上帝需要人證明他是上帝。」

「死心吧……我不會再替你召喚勇士或人民來作見證……。」

沉默了一會兒，島深弟忽然從馬桶蓋上翻下身，被綑綁住的雙手無法控制平衡因而使他重重摔落在地上，可喜可賀的是地板竟然就像雲朵一樣軟綿綿地凹陷下去了。

他索性不帶有任何痛苦掙扎地蜷曲側躺著，還用溢泛淚光的哀怨眼神無言凝望我。

「你必須先通過精神鑑定就可以出院，我們再一起去地面看看吧？有好多問題都還沒有解決，我只要知道答案就好了。」我俯視他，卻把語調姿態壓得很低。

「我隨時可以騙過醫生和鑑定人員，因爲我沒有瘋……這房間沒有窗戶，我無法聽到大廈要說什麼，你把我帶去地面就好，我自己知道怎麼跟大廈溝通。」

「好，我答應你，只要滿足我該死的好奇心就足夠了，往後我再也不堅持關於地面有活人以及身爲神明的事，然後我會繼續供應食物給他們。」

說完這句話後我們又沉默對望了好久，有點像是在檢視彼此意願的眞誠度和眞實性。

「阿樂……我愛你……只要起了一個貪念，將會害死成千上萬條生命。」

「我知道。」

「我哥哥會影響你，那是魔考。」

島深哥從七月以來就不斷在考驗我耐心及自尊心的堅韌度，我也的確感受到如禪定修練般的辛苦，甚至透不過氣地發狂易怒。

唯一一次把籌碼全押下的機會近在眼前，悲慘了二十幾年，終於得以鹹魚翻身的機會近在眼前。我是眞的急切地想解救地底人民，也期待這完全付出的偉大精神能解救骯髒自私的靈魂，解救我的靈魂，解救卑賤百姓眼中的我的靈魂。

慈善家是高調的，慈善精神是被教育成必須高調的。

小學生在放學路途中若掏了十元銅板丟進路邊捐助貧民的愛心箱，回家後總會邀功似的跟父母說嘴一番，而身爲中產階級菁英的父母也必定會微笑誇讚這慈悲行徑，溫馨和諧之下沒有任何家長會與他的子女講明：付出愛心是理所當然的，所以不值得被稱讚。國民在如此扭曲的認知下成長爲社會中堅分子，然後一步步投入公益活動。積極對外宣揚自己善行的人被譽爲慈善家，消極默默做事的人一旦被親戚、好友、媒體得知後，更將被冠上「爲善不欲人知」的崇高正面形容詞。這些人的道德生命、靈魂慧命在大眾眼裡絕對比搶收廚餘的無禮老婦來得有價值，直到孤寡老婦悲慘溺斃在餿水桶中，只要從沒有旁人知道她曾捐贈巨額存款給社福團體的事實，就沒有人會認同她向陽面的生命意義。

我一度唾棄如此炒作出來的傳播化道德觀念，但在聽見種種宗教神聖故事後才理解這一切淵源。數千年前世界紛亂無章時必定有比基督、比佛陀更慈悲善良且擁有超能力的少數人類，聖賢和救世主的差別就在於救世主向世人證明自己的排場大得多，往往伴隨七彩祥雲、旭日、仙女，受幫助的老百姓也願意喜樂坦認自己獲得解救，憑著群眾力量一傳十、十傳百，最後造就了「天神」。

唯一一次把籌碼全押下的機會近在眼前，悲慘了二十幾年，終於得以翻身的機會近在眼前。而殘存的自尊和下半輩子的有形壽命就是籌碼；盛大輝煌的賭局則是在多數卑賤百姓見證之下，讓所有人知道我、阿樂、被無情撻伐的皇族遺子阿樂，就算是百年血脈被政權剝奪後依然保有與生俱來的高貴，比起我的父親、祖父、曾祖父都高貴，甚至到達無人可追尋的天神的境界、恣意操控命運的境界。只要贏了這一次，我贏過的就不僅只是島深哥，而是全領域、全人類，洗清畢生受盡的屈辱也都將得償所願。

島深弟模糊的玄學預言中提出他哥哥將極力阻擋我脫胎換骨的行動，白話地說，就是一旦地面有大量人類存活的事實被公開，絕對會引起媒體及政府關切。地面迅速成爲人人都可以前往遊歷的神祕觀光區，黑社會長期在黑暗掩護之下進行的骯髒交易也永遠無法延續下去，這著實會毀了非法經濟體系、毀了幫派、毀了島深哥，所以他必定會細心研擬一套阻止我行動的脅迫策略，他必定會以地面人民的生命安全來要脅我低調閉嘴。

島深弟預言的就是這些淺顯易懂的簡單道理，只是態度強硬了一點。

表面上我答應他不公開地面有活人這件事，事實上我更希望他能引導我正面接觸哈密瓜人們，然後在愼重規畫與安排之下，讓哈密瓜人把他們眞神的形象壯烈公諸於世，當那時機到來，我應該已經自刎成功昇華成爲濟世眞神。接下去地底人民在媒體幫助下會受到政府人權慈善機構保障，由大眾繼續我實際面的物資、物質照顧，而我的慧命就在證言之中永久流傳下去。幾百年、幾千年後，地面聖經在百姓的議論中完成，我將幻化為一顆超越奇異點的巨大行星，靜靜俯瞰這萬年人世的平和與紛亂。

我反撲的意志比所有預言都強硬。

沒錯，我欺騙了島深弟，在方才一瞬間的眼神對望中，他似乎沒有察覺到我話語中的虛假眞實。我之所以會欺騙他只是因為我有絕對自信，我有堅定的自信可以戰勝一切、戰勝全領域、戰勝全人類。就算勝機渺茫如中央區地面可見的線狀天空，我依然沒有懷疑考慮的時間跟權力，只能提著最後一口氣往光明處前進。跟三個月前首度潛下南區地面探勘時一樣，這就是所謂毫無理由的執著，這就是所謂孤注一擲的報復意志。

最後島深哥不會逝去生命、島深弟不會逝去生命，地面人民更不會有任何一人因此而逝去性命，唯一會死的人是我，只有我一個，我願意付出一切，只要命運安排我在笑顏中死去、只要命運安排我在光榮中死去、只要命運甘於成就推崇我的先天不凡。

我蹲下身主動扛起側躺在軟綿綿雲朵中的島深弟，小妹妹見狀也立即回神幫忙。當她匆匆彎腰前傾，粉櫻色小洋裝幾乎將要從那骨感且平坦的胸部滑落下來，霎時她反應機警地順手向上提拉了一下領口、挺直腰桿後就轉而用充滿懷疑怪罪的表情審視我。

「阿樂哥是不是為了追求什麼而在利用別人呢？」

照道理而言小妹妹應該無法理解我跟島深弟之間所有對話邏輯，但她質問的語調卻出乎意料地堅毅。

「不，我不會利用別人，」我一邊把島深弟攙扶到床沿坐定、一邊輕鬆回應著。

「我不會爲了達到自身利益而耍小技倆陷害他人。」

「我不想在未來生下卑鄙之人的孩子。」

「妳還沒必要擔心這些。」

「爸爸或哥哥眞的有可能存活在地面嗎？……」

「有可能，所以我要再帶島深弟到南區地面去調查。麻煩妳現在去跟護理人員講一聲，就說請他們盡快安排替這名病患做出院檢定。」

她發愣一會兒，隨即打開那扇滿布血跡的白門走了出去。

這一刻，空蕩房間內只剩下我跟島深弟正坐在軟綿綿的床鋪墊上。

當我仔細觀察他纏繞滿滿紗布的前額邊角時，才發現不少黃褐色未乾的優碘藥水痕跡。由此可見醫護人員剛剛才替他換過敷藥，而他也是在不久前才撞門受傷的。

「島深弟，」我扭動一下僵硬的頸子。「我到底什麼時候告訴過你地面會吃人的？」

「小學六年級……我們在體操教室倒滿圖釘，我問你：『這樣回應就夠了嗎？』你說：『總有一天他們會被地面吃掉。』」

「如果告訴你……那句話其實是我母親用來唬弄小孩子的謊言，而我只是一字不漏地傳達給你……你會覺得如何？」

「我會覺得伯母透徹了解事物表象後的眞理。」

原來我幼年時曾聽聞母親的誑語，已經不知不覺根深蒂固在潛意識中了，所以甚至不假思索就脫口而出了。母親死前當時那充滿怨恨的猙獰面容，會讓任何直視她眼神的人都相信她所說的是眞理。她跟摩天大廈頂的航空燈一樣，充滿催眠操控人性與貫穿既往理智的尖銳壓迫感。憤怒及突破公民大眾所認知臨界點的慾求不足使她痛苦逝去，但那終究僅只是忠誠信奉父親血脈與基因序列由愛生恨的無理癡迷。

我很感謝她，如果她沒有堅定告知我與生俱來的異於常人之處，今天我可能已經成爲某團體的一分子甚至是領導者。同時，我也輕蔑她，如果她眞是代替上帝產下聖子的唯一貞女，爲何在我從容受難前就草草離開人世？而上帝驅使她受精的潔淨儀式也只不過是把陰莖插進溫熱生殖器裡抽動，並且高聲呼喊相同於低等民眾或禽獸般性行爲的無意識語句，諸如對方的親暱代名或自我體表感受的簡略形容詞。

「你會記恨我拜託你處決正文組那痞子嗎？那大概是你在三個月之前最後一次殺人。」

「不，那並不是我至今最後處決的人……」他把頭轉向我，整張憔悴面容距離我好近。

「七月十九日，我殺了老爸，我把他弄爛了。」

「是你哥哥逼你的嗎？還是大廈？……」

「是我自己的腦袋說要殺他的，不是被任何人事物逼迫催眠的。我槍殺他之後，哥哥不斷大聲呼喊你的名字，一直說命運不應該這樣對待阿樂……先是把你捧得高高的，然後再重重摔下。」

「你們爲什麼不跟我說已經殺死自己父親這件事？」

「自從下了南區地面後這一切都變得不能再說了……封口！封口！」他把一隻手掌平舉著左右揮動，有點像是在表達割喉的意思，肢體韻律卻極不協調。

「島深弟，你好像又失控了。」

「我哥哥無論如何都不會傷害自己的兄弟，所以你必須殺了他。身爲救世主的你崩潰了，所有地底人民都會死。他希望伺機讓你了解事實，但你知道越多，地底人民死得越多，所以我要脅殺掉他封口，」

我還是聽不懂島深弟想表達什麼，只覺得事情的因果比我想像中複雜。

「阿樂是壞人，卑鄙貪婪的神，先把信徒弄瞎，再讓對方自以爲重見光明，結果就成仙了。如果沒有被奉爲神明的壞心幻術師……會死更多人，所以眞相重要？還是信念重要？」

他整張面容距離我不到五公分，卻毫無畏懼迴避地低聲竊笑，瞳孔中同時參差了愛情與輕蔑的要素。

「只要深信自己是神明就會無條件付出，不論是義勇之士還是卑鄙小人。阿樂，你是救世主嗎？」

「是。」

「那就夠了。」

島深弟在完結這句話的語氣後才轉過頭閉上嘴，我也終於得以喘息。

回憶起這二十幾年來從未見過他表現出如此咄咄逼人又具有壓迫力的神情，所以在此刻我除了像個孬種般安靜不語以外毫無其他選擇。

我是救世主嗎？只要老百姓說是，我就是。

老百姓覺得我是成功的，我就是成功的。

「阿樂哥，」小妹妹躡手躡腳地走進門。「他們說早上九點可以做出院檢定，可是檢定結果會通知當初留下資料的親屬，就是島深大哥。」

「沒關係，讓他知道我想放他弟弟出去。」

「你會對島深大哥做出什麼事嗎？」

「不會，他們兄弟倆應該都很愛我。」

我把臀部從軟綿綿的床墊移開後便站立在小妹妹身邊，還低下頭對島深弟擺出一副溫柔自信的笑臉。

「今天慎重一點，用你的方式騙過檢定人員。」

「晚安。」他知道我即將離去，所以只簡短地回答了兩個單字。

而現在天空已經出現曙光了。

＊

小巫師突然丟出手中散發耀眼光芒的金色魔杖，所有被亮光照射到的反應熔爐都隨之應聲破裂。

「克利特！你以實驗為由挾持鄧肯老爺的女兒，其實只是想要把她佔為己有！」

「小巫師？真該死！小巫師怎麼跑到這裡來了？」

邪惡科學家克利特眼見矛頭不對，便立刻拉下滾輪列車的啓動開關想要逃之夭夭。

「把鄧肯小姐還回來！小飛龍快追！」

小巫師以敏捷身手一躍而上噴火飛龍的背部，小飛龍便馬上用最快速度緊追在後。眼見就要追到那台滾輪列車了，卻沒想到這居然是克利特早早設下的陷阱！

有兩位身穿鐵甲、非人非獸的巨大武士阻擋在礦坑軌道上，其中一位武士大刀一揮就把小飛龍打得好遠好遠。

「哈哈哈！小巫師你法力再高強也沒戲唱了吧？這是科學！這就是科學的力量啊！」

克利特緊抓著昏倒的鄧肯小姐大聲咆哮，瞬間就消失在黑暗地道的盡頭。

「可惡……小飛龍噴火吧！為了正義噴火吧！」

小飛龍聽見主人的呼喚而使盡全力呼出濃濃烈焰，火光不但把整個礦坑都照亮，還一直噴射到遠方鐵甲武士的胸口。只見鋼鐵盔甲開始冒出淡淡白煙，幾乎快要因承受不住高溫而崩散。

「太好了！風、火、土、金、水！大地五聖神請賜予我力量戰勝邪惡！」

小巫師高聲疾呼咒語，前方鐵甲武士的雙眼卻突然冒出紅光，紅光在黑暗中閃爍不停，就像是警告小巫師厄運即將來臨。果不其然，兩位武士突然同時爆炸！小飛龍噴發出的火焰全都因爆炸震波而反彈回自己身上，而礦坑頓時又陷入伸手不見五指的黑暗。

「小飛龍！你沒事吧？小飛龍！」

小巫師因為被小飛龍的雙翅遮擋住而毫髮無傷，小飛龍卻是奄奄一息倒在地上一動也不動。見到畢生最摯愛夥伴如此慘狀，他完全不能自已地一邊嚎啕大哭、一邊回憶起與小飛龍相處的種種過往時光。

最後，小巫師決定唸出關鍵性的魔咒，這魔咒得以換回小飛龍的生命，還能使時光逆流到克利特挾持鄧肯小姐之前，但是小巫師卻有可能因此喪命。

他閉上雙眼，虔誠地說出：「聖靈現身的時候終於到了……」

小巫師的話還沒講完，忽然之間，整條無盡的黑暗坑道大放光明！舉凡強光照耀到的地方都像是會綻放出純白花朵般朝氣蓬勃！

（節錄自《小巫師與飛天龍的奇幻歷險》一書）

＊

當我把發臭小妹妹送回宿舍門口時已經過了早上七點半。走廊天花板懸掛著四、五個風雅的竹製鳥籠，裡頭各關了一隻因禁閉狂癲而不停啼叫的喜鵲或畫眉。

插在小妹妹左耳上的純白梔子花軟趴趴地坍塌下來。

「今天謝謝阿樂哥帶我出來……。」

「我沒有帶妳去任何地方玩，妳不必職業化地道謝。」

「阿樂哥住在哪裡呢？」

「中央二區的飯店，六百二十樓。我活不了多久，所以沒必要買房子定居。」

「謝謝你送我回到宿舍……但我本來以爲今天會睡在阿樂哥那邊。」

「我不準備睡覺，等一下回飯店整理貨物後就要下去南區地面。」

「可以多陪我一段時間嗎？」她伸出雙手靦腆地拉扯我的襯衫下襬。

「爲什麼？」

「我有直覺這是最後一次跟阿樂哥見面。」

鳥兒的哀號一點都不悅耳，實在令人難以理解這種悠閒聽聞野鳥悲鳴的雅致。

此時我腦中也產生了類似這是此生最後一次與她見面的直覺，雖然我並非出身於貧困或低階層家庭的人，但偶爾還是會突發一種能透視人性與串聯未來事件的動物性長才。

然後我彎下腰親吻她長了一小顆青春痘的眉心並深吸一口氣，此刻理所當然地沒有嗅到任何可以令人精神爲之振奮的濃烈異味；但當把緊貼她臉部的鼻尖游移至左側太陽穴時，卻襲來陣陣不同於餿水或嘔吐物的腐敗悶臭。

「頭上的花已經枯了一半，比妳自己的體味還臭。」

聽我說完這句話，她舉起左手不假思索地就把那朵白花擰爛扔到地上。

這整身庸俗打扮大概是同行前輩或酒店老闆娘搭配的，既沒提升氣質的功能、也無法顯現此商品與私娼流鶯間的價格差異，唯一勉強優點就是親切可愛又容易穿脫；只要恩客輕輕鬆鬆地把背脊那隱藏式拉鍊瞬間拉下，一個稚氣未脫的十二歲小女孩將在三秒鐘內變得光滑溜溜，並蹦出兩顆粉櫻色而圓潤堅挺的小乳頭。

我在櫸木床頭櫃邊用門牙輕咬那兩顆小乳頭，使她不自覺展現既舒適又羞愧的複雜神情，再來就是側躺於整潔的被窩中淫蕩扭動身軀。

終究，我還是把她帶回六百二十樓的飯店套房內了。

我不想把這非理智行徑歸咎於「大概是最後一次見面」，如此荒謬又具情緒性的直覺感官結果。

經過好一段時間略帶凌虐式的激烈前戲，我決定把巨大勃起的生殖器強插進她體內抽動。她痛苦抗拒地吞嚥下混摻了鼻涕的潺潺淚水，而陰道也隨之溢洩融結了透明組織黏液的溫熱鮮血。小妹妹放聲哀號並不帶有半點愉悅，像是正被壞人活生生切斷手指或鞭打凌遲。

她過度緊張的情緒令氣氛顯得些微不自在，可喜可賀的是這種壓力目前不在我的認知範圍內，只因爲高潮射精當下腦內意念完全空白一片。

我在空白意念當下把精液噴射進她的肉體深處。

就像我偉大的當權者父親曾對母親做過的事一樣，他在空白意念之中就把某種表徵至高血脈與優秀基因的腥臭佔有強灌入她靈魂內。

現在，拔出腫脹的陽具也沾滿鮮血了，跟大腦及雙手一樣沾滿髒汙鮮血。

倘若我沒有在近期內死去，今天便不會成爲我們最後一次見面的日子，低俗縱慾的激情浪漫也都將成爲令人懊悔的糗事一樁。

「要是以後還見面就尷尬了。」

「放心……我有預感阿樂哥快死了。」小妹妹把整張臉埋在枕頭中，宛如受重傷的小貓咪般低聲喘息。

「希望如此。」

每年七月十四日我都會慎重紀念母親的忌日，當她病重那時頂樓庭園的梔子花期剛過去一個多月。

記憶裡她總是拖著移動點滴架走進庭園正中央的涼亭呆坐，隨後一陣人造微風徐徐吹拂過，她便馬上捏住鼻子皺起眉頭，直說：「好臭、好臭……」我逆尋風向走到庭園最深處底牆邊，才發覺整片空調排氣孔被一棵不到我頭頂高度的低矮梔子樹遮擋著，奇怪的是，我竟然沒有聞到丁點臭味。

除了七月十四日之外，關於母親的生日、父親的生日、父親的確切忌日……甚至是我的生日都完全沒有被儲存在腦葉海馬體裡層，也可以說是我刻意不去把這些數字記錄下來。

我疑似是在二十八年前的某個冬天自然分娩而呱呱墜地的，往前推演九到十個月份就可以計算出母親早在融雪未化的冬末春初排卵受精，她早在鳥鳴花開前夕既驕傲又歡愉地張開雙腿扒開下體。

如果單純經過這性儀式就能改變一個女人顯露在老百姓前的身分地位，小妹妹現在應該是自豪而極樂的；要不是特權階級被低下世人迫害毀壞，小妹妹現在不應該是面帶憂鬱地癱躺在那的。

稍後我點燃一根香菸抽了兩口，紅木辦公桌上擺放的電話機突然鈴聲大作。

「喂……」不出所料地，果然由那頭傳來島深哥的低沉嗓音。「阿樂，你今天還沒去地面嗎？」

「今天睡得比較晚。」

我瞄了一眼桌邊的電子鬧鐘才得知已經將近日正中午。

我弟弟早上做了精神檢定，是你要求的吧？」

「他通過了嗎？」

「醫生說他的精神狀態一切正常，不再需要被強迫監禁。」

「他在你旁邊嗎？麻煩你告訴他我們一個半小時後在郵政中心地面見。」

「他不在我旁邊，要是在的話我早就已經死了，」島深哥說得很中肯。「依雙胞胎的心電感應，他正在郵政中心等你……」

怎麼最近都是直覺、預感、心電感應之類的非理性愚蠢字詞圍繞在我四周？

「阿樂，你要怎樣瞧不起我都沒關係，我眞的不在乎，但是請保障我弟弟的安全。」

「你不就是因爲懼怕他殺死你，才把他關進醫院？」

「別忘了……九月初是你先要求把他關進精神科病房的，剛開始我還不同意，沒想到他知情後居然發狂說要殺死我，我也只好依照你的建議去做。」

是我首先要求把島深弟關進精神科病房的？

就算的確如此也僅只是爲了驅使地底子民現身的暫時性策略，這僅只是爲了造就一位濟世眞神降臨的必要策略，所以一切前因後果都不再重要，也不值得花時間去追究探討。

一切因果都不重要了，不值得去追究探討。

「他說過你不會戀棧於職位，沒想到你居然在確認前任幫主死亡後就馬上接替位置。」

「理亂堂裡的確有幾個資深大老，但是行事作風都像你岳父一樣魯莽無謀。我爲了幫派著想、爲了黑市經濟著想才會接下這個吃力不討好的重擔。」

「我上了酒店那個小女孩，你預定的乾妹妹，她現在正赤裸裸地躺在我床上。」

「你會下地獄……阿樂，她才十二歲，只是個純潔善良的小孩子。」

「地面有活人這件事會浮出檯面，黑社會一定會毀壞崩潰。」

「你到底在證明什麼？坦然接受現狀存活下去不是很好？」

「我會光榮的死去，而你只是卑賤地苟活下來，黑道大哥這頭銜在歷史上只不過是個如悲劇性人物般的笑話，就像你父親的議長頭銜一樣。」

「阿樂，」他好像長嘆了一口氣。「拜託你現在趕快去郵政中心找我弟弟，我怕他自己一個人在地面遊蕩……我愛你。」

島深哥在掛斷電話前居然坦誠說他愛我。

我把話筒放回原位，又刻意表現悠哉地抽了兩口菸才緩緩走回床頭櫃邊。側躺在羽絨被窩裡的小妹妹像個胚胎一動也不動，卻明顯透露出悲傷且忿恨的眼神。

「阿樂哥，雖然我年紀太小，不可能懷孕，但是我們互不相欠了。」

「如果我死後被供奉成神明，妳就可以從信徒裡打聽到是否有妳父親或哥哥的消息。」

「如果他們崇拜的人是你……我寧願祈禱他們跟媽媽一樣被燒死。」

「看來妳距離酒店第一紅牌的位置不遠了。」

大起大落地活了二十八年，第一次見到有如此厭惡我的人。過去無論前來討債的流氓怎麼毆打、怎麼辱罵，就算把尿液噴到我臉上也只是單純為了宣洩持續施暴引燃的腎上腺素激增。他們並不在乎眼前被當成出氣包的對象是誰；是陌生的成人、少年，還是自己的妻子及兒女。眼前這有形個體在重重一拳拳下吞飲自己的鮮血又反芻作嘔，本來還因恐懼而顯現出可笑的面部表情也完全退化到只剩下卑賤求生的鹹澀淚水，就算如此，施暴者徹頭徹尾都並未對受害者升起絲毫厭惡之心。

發臭小妹妹對我個人的靈魂表現出極大反感，不是輕視、恐懼、怨恨等等牽扯因果關係的複雜情愫，而是實實在在不加思索的厭惡反感、指名道姓的厭惡反感。

她是個前途無可限量的女人，一同去南角大廈時我就曾經對她理智思考範圍的底線感到驚異不已。經過了數個月的歡場歷練，現在的她在無情勢利之中依然保有那一點反社會，甚至是高傲的氣質。我篤定她在不久的將來會利用政治手腕及群眾力量成為第一紅牌，然後慢慢存錢頂下酒店經營權，如果老闆娘始終不願意脫手，小妹妹也有辦法把她給批鬥走。

我們的確互不相欠了，喜歡她只因爲曾以爲她在潛意識某方面跟我很類似，現在仔細思考起來她卻跟島深哥更加相像，他們都是屬於那種爲達終極目的不惜拋棄尊嚴的人。

我預備爲了神聖莊嚴的偉大理想及全人類的眞知幸福利用他人；這也是我此生唯一一次不得已而必須利用他人來達成策略的機會，卻被她和島深哥這種自以爲是正知正念的愚者嚴厲批評嘲諷。

他們義正詞嚴的，就像我眞的是壞蛋一樣。

套房內經過足足一個小時的沉默，我從容不迫地收拾好兩大箱壓縮麥麩餅、飲用水、四打薑糖及兩套防寒衣，猛回頭看才發覺小女孩已經睡得好熟，還發出陣陣鼾聲。她臉上的妝粉早都因汗濕及毛孔出油而斑駁脫落了，所以現在一絲不掛側躺在床鋪上的歡場女子，無論怎麼看都無異議是個年僅十二歲、正該就讀國民小學六年級的孩子。

我把房門鑰匙及十七萬六千元現金用紙鎮壓在床頭櫃上，穿了喀什米爾毛衣，進廁所撒了泡尿後就拉著菜籃車離開飯店，並在十五分鐘之內抵達中央區靠南的郵政中心大廈地面。

地面依舊黑暗一片。

微弱風聲像利刃削鐵般在天際間急竄，那規律超越我從小到大曾輸入大腦編排的事物認知，甚至帶有深層催眠程度的說服力。

島深弟果然如他哥哥心電感應所言地站在通地出入口前，高瘦的他戴著毛線帽禦寒，看起來就像一個癌症末期病患。

「抱歉，你等很久了吧？」

「阿樂你看，」他把右手舉起直直指向天空。「有好多紅燈在閃。」

「是啊。」我連頭都還沒抬起就敷衍回應他了。

「大廈剛剛才告訴我，我今天有可能會死。」

「不可以，你要是死了，你哥哥一定會憤而屠殺所有地底人民。」

「他不會，他只有在危及非法交易體系時才會成爲惡魔。」

「從他接任幫主之後，我已經不信任你對他提出的任何道德保證了。」

雖然早已進入深秋，南區地面下午兩點整的溫度還是高達七度半。全世界氣溫都在超乎預料之外節節升高，科學家說這一切是由於「溫室效應」的緣故造成氣候異常暖化，雖然這名稱乍聽之下很炫麗，但也只不過是炒作了數百年、鼓吹環境保育悲觀知識分子的欺民手段。

我帶著島深弟徒步走往最接近第三棟被炸毀廢墟的標的，那兒靜靜佇立著一台高達兩層樓、如鏽鐵般深紅的古老鑽地機。

我已經審視這毫無變化的場景配置好幾個月了，現今它著實令我作嘔。雖然地面在微光照耀下所呈現出的景色總脫離不了無彩度的九十度直角，但不知道爲什麼，存在這台鑽地機上的每一顆螺帽、每一粒鉚釘都超越熟稔地令我深感厭煩。

「地底人民是源自當初躲避空襲生還的人吧？」

「不完全是，只有跟我們正面接觸的勇士是民兵的後代，他們和先祖一樣義勇剽悍。」

「這些都是大廈告訴你的嗎？」我了解島深弟在溝通傳達上的神聖意義形同祭司，但當我脫口而出如此無厘頭的問句時卻不由自主笑了一下。

「地底人民是很古老的民族，他們會利用無機體的微弱震動產生共鳴……所以我可以藉著注視紅燈閃爍進入放空狀態，就能聽見他們想講的話了。」

這原理是合乎邏輯的；我也從小就能感受到非生物世界隱匿的循環躁動，但那雜亂音頻對成年後的我來說卻等同被低俗百姓踐踏產生的哀鳴，像是將近死亡的人類總會發出無含意的模糊呢喃，卻不是能令聽聞者淺顯易懂的求救語句。

島深弟明明最近才開竅，卻穿鑿附會得好像他很了解世事眞理一樣。

「你爲什麼不早點幫助我面對子民？」

「惡魔跟救世主都只是針對地底人民而言的一體兩面。」

「聽起來跟佛經一樣有道理，很有禪意。」

「阿樂只是爲了向一般老百姓證明自己而伸出援手，但是對地底人民就結果論而言你還是在幫助他們……所以他們把你當成神明一樣侍奉。相反的，我哥哥是爲了保護老百姓跟經濟體系下的夥伴而不惜殺害地底人民，所以才會被當成惡魔。」

在這強詞奪理的辯證下聽起來好像我才是眞正的壞蛋，但島深弟終究是個沒念過什麼書的粗人；沒念過什麼書的粗人能揣想出這種程度的哲學論調已經很不錯了。

「記得你以前沒有這麼善辯，」我把用彈性繩索綑綁在菜籃車上的糧食卸下。「小時候你經常爲了支持我的論點而跟你哥哥打架。」

「別說小時候……四個月前你都不會如此想積極證明自己是個貴族。」

「那是不得已的，對不起，我在母親忌日那天經歷了一些情緒轉折。」

「我知道，」他已經瘦弱到連兩箱餅乾都抬不動的程度，所以自動自發地把一大包糖果扛在肩上，像個變形拉長的聖誕老人。

「你必須遵守信用，今天獲得未解疑問的答覆後就不再執意見到地底人民……然後繼續提供糧食讓人民存活下來。」

「是的，麻煩你請勇士過來……。」

「嗯！」島深弟居然適時在這微妙對話氛圍中天真爛漫地嬉笑點頭，隨後快速舉起右手拍拍我的肩膀。「來了！來了！勇士像圓球一樣滾過來了！」

我下意識迅速回首觀望著深闇街道的盡頭，還轉了轉氙氣手電筒的燈罩使它調節成遠程聚光模式。但當眞的能夠清楚辨識這名隻身前來哈密瓜人的面部相貌時，也早已能夠嗅到由他毛細孔滲透而出的一身汗臭了。

這是我此生第三次親眼見證義勇剽悍的地面勇士，鬆垮臃腫的軀體依然肅穆莊嚴。他的表皮不像另兩名哈密瓜人一般滿布坑疤凹陷，除了大腿根接近鼠蹊處的淺色肥胖裂紋之外，這整身光亮膚質算得上是細緻飽滿，就如同未經人生歷練的懵懂少年。

「祢是……神明嗎？」他戰戰兢兢地開口說話了，卻沒有彎腰或下跪。

「是的，我想和我的子民見面。」

「平常人民都躲藏在地底，若要見到他們請跟我一起來……有可能會造成身體傷害。」

「不要去！你想知道的事情這位勇士全部都能回答。」

島深弟態度強勢地插嘴，還帶有那麼一點任性的意味。

「島深弟，你怕我藉機蒐集地底有活人的證據帶回大廈公開嗎？這疑慮其實相當矛盾……就算我手上有證據，只要你、我不說，你哥哥也不會事先知道。當我把實情公諸於世，惡魔也來不及摧毀一切了……所以我不知道你到底在防範什麼？」

「無論如何你都不可以看見子民的眞面目，雖然眞實並不是像表面那樣膚淺……勇士們都是眞心眞意在保護他們的人民，你也必須堅持你的信念。」

「我被詐騙集團騙了嗎？至今你們聯手騙走我兩百多箱壓縮麥麩餅。」

「阿樂，如果根本沒有人類存活於地底呢？」

「這位年輕勇士，」我撇過頭不理睬島深弟以爭辯爲前提的反向提問，因爲無論我怎麼回答都將等於做球給他殺。「地底有多少跟你一樣的勇士及人民在生存著？」

「勇士僅剩下三位青年，本來有好幾百人，當人民表達他們陷入飢荒後，其中年老的、體弱的都輪流獻身作爲食物……。成年人民還有兩千之多，數量也在迅速銳減。」

「島深弟，你自己不也說過我的一個貪念會害死成千上萬條生命嗎？現在卻又提出『如果根本沒有人類存活於地底』；這種無法成立的假設性問句實在不合理。」

「你現在比以前迂腐多了，事實上你比任何人都認同俗人的價值觀，才會想要向他們證明自己。」

「所以呢？你要我當個什麼都不知道的救世主？」

「對！」他居然像小學學童般淚眼汪汪地用力點頭，這幼稚可愛的神情與他的怪罪論調完全沾不上邊。

「年輕勇士……你們跟人民都希望能夠毫無恐懼地生活在地面和大廈內吧？」

「勇士快死光了，但無所謂。我們勇士本來就不屬於地底，我們只是爲了保護人民、替人民捕食才勉強硬撐著身體存活在黑暗嚴寒裡，當祢降臨後我們的工作也終於告一段落……人民自古以來都很嚮往自由，他們巴望這夢想實現已經近千百年了。」

「如果我讓大廈內的老百姓都知道地面下有人類存在，他們就會秉持著一種叫做『人道關懷主義』的精神救助地底人民，所以我會把詳細地面地圖公開讓媒體來查探……。請人民在此之前熟記我的樣貌，他們看不見、無法繪畫就用傳頌的。」

「祢將要離開人民嗎？」

「我必須死，」因爲大廈內的愚癡百姓無法接受活生生的凡人被神格化。「並在地底人民跟全人類的意念之中永生。」因爲我終究必須付出有形壽命才得以幻化，我必須死亡才得以在這闇黑無盡的街道內幻化；芸芸眾生要的是表象膚淺易見的神聖，鼠輩的邏輯也僅只能接受預想範圍以內的神奇。

我不需活著親眼見證勝利，我能夠製造絕對的勝利；我不是預言師，我是天主。

哈密瓜人雙腿直直地跪下，膝蓋骨墜落撞擊水泥地面發出極巨大的清脆聲響。

「祢是濟世眞神！請原諒我對祢的懷疑與不敬，請務必讓地底人民得以曝光於大樓百姓眼前！」他情緒激昂地抬頭仰望我。

「你並非不敬，你只是血氣方剛的青年，你和你的先祖一樣義勇剽悍。」

「祢認識我的先祖？……」

「是的，你們的先祖曾爲同胞不顧性命對抗封建，他們流淌鮮血只爲了擺脫政府軍無理的極權專制，他們非常偉大。」

「神啊……我會將關於祢的一切都傳達給地底人民，請祢務必現身在他們面前！」

「請告訴我何處可以通往地底，時機到了我自然會現身在他們面前……。對不起，過去我並不知道子民數量有如此之多，我會帶來更多食物，勇士也不再需要獻出自己的肉體。」

年輕哈密瓜人趴跪在地上不斷叩首，甚至感動落淚到近乎抽搐。我只是靜靜俯瞰那吹彈可破的透薄肌膚；流出涔涔汗液的光滑背部使他像極了一隻誤入井底的大青蛙。

「不可以說，」佇立在身後的島深弟如預料中打斷話題。

「雖然人民告訴我……他們早已經做好被滅絕的心理準備……他們只告訴我一個人。」

他還從隨身攜帶的塑膠束口袋中掏出一把鋒利短刀。

「島深弟，你說大廈告訴你今天有可能會死，現在你只不過是想以死要脅我罷了，可惜我反撲的意志比什麼都堅決。」

「你到底想要證明什麼?」

「證明我的血脈不是單憑形而下的批鬥踐踏就可以被消弭，百姓得打從心底屈服於我與生俱來的至高尊貴，這是反撲社會既定道德觀下正知正念的逆革命!」

「就算犧牲他人的生命也要求勝嗎?」

「我不希望你死，眞的……我愛你……」

「洞口在第一棟坍塌大樓的正下方!」年輕哈密瓜人用他渾厚有力的聲音簡短呼喊著。

「謝謝……」

是的，當我在向島深弟坦然說出「我愛你」三個字時就已經被那把利刃深插進腹部裡了。毫無預期心理的狀態下，我的內臟如燃燒般灼熱疼痛，雙腳踩踏方圓內的地板過沒多久時間就變成濕漉漉地血紅一片。血液跟淚液糊在一團，要是現在看來那質感就像阿虎垂掛在嘴角邊的唾液，可以明顯感受到它所散發出來的餘溫隨著離開身體內部中心逐漸冷卻。

我現在的身體可是躁動得非常活躍。

「是盲鼠，地底人民其實就是盲鼠。」島深弟的語調卻很溫柔，像天使。

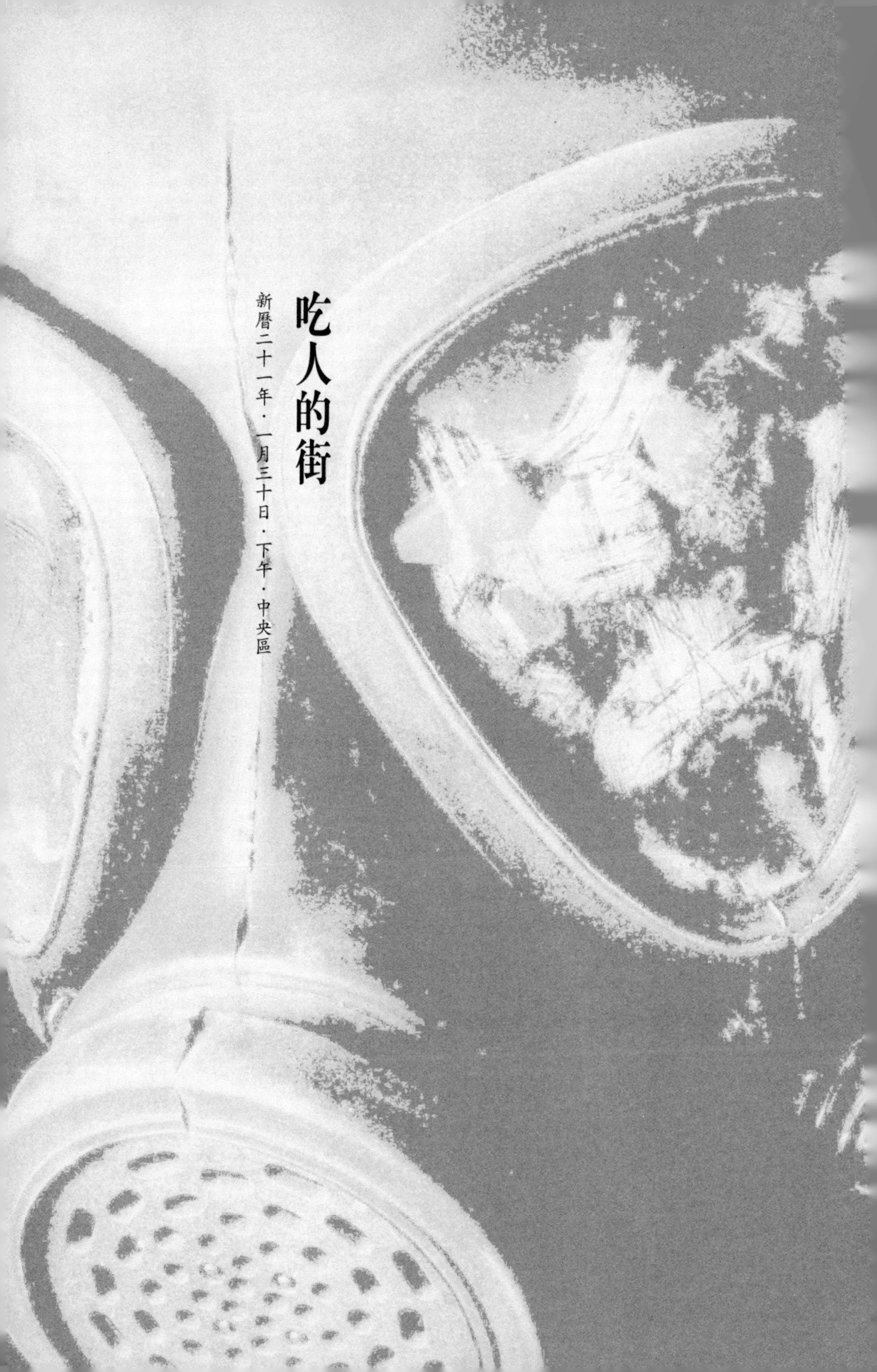

吃人的街

新曆二十一年・一月三十日・下午・中央區

「新曆元年十二月三十一日晚上七點整，中央車站第三月台在大批傳媒同業包圍之下近乎封閉……，聯邦政府特派員警將已卸任大統領及他的家屬緩緩護送上開往北區極地的慢速列車。

距離除夕鐘聲悠揚響起只剩下五個小時，大統領走進車廂時還不忘回頭對電視機前成千上萬的百姓深深一鞠躬以示歉意……。」

轉播畫面中兩位已屆滿法定成年年齡的兄長抗拒著不願前進，他們哭哭啼啼地就像被衙門官兵屈打成招的弱女子，連鼻涕都懸掛在下巴晃來晃去。

僅僅七歲的我搞不太清楚自己爲何能逃過一劫，只是盤腿呆坐在舅舅家的電視機前收看全國實況直播要聞，然後一口接一口咀嚼著母親烹煮的爐烤番茄碎牛肉。同天清晨中央車站第四月台也發生了一起凶殺事件，死者是曾在我家幫傭長達三十年的母侏儒，她是一名聒噪長舌的女性侏儒症患者，唯有賄賂能阻止她在下人間散播小道消息的壞習慣。

我都直接了當稱呼她爲「母侏儒」；事實上，母親在私底下也是這麼使喚她的。

不知道哪個陌生人突然把她推下月台使母侏儒當場被捷運列車輾斃，這種老掉牙的謀殺手法就算實行了上千年也不會失去效益，而兇手理所當然早已在一片慌亂之中逃逸無蹤，檢警大舉調閱數百台監視器紀錄也摸不著頭緒，最後只好借助媒體力量協尋現場目擊證人的供詞。

「解決母侏儒那張嘴就解決了一大半，再來島深也得處理掉。」

「老實說島深議長我弄不到，他因爲汙點證人的身分被新政府保護得很好。」

我端著空磁盤走進廚房想要再拿一點碎牛肉，卻在無意間撞見母親跟舅舅輕聲細語地嚴肅對談。

「阿樂好乖！喜歡媽媽煮的料理嗎？」她瞬間彎下腰就接過我手中的盤子，還露出慈愛無比的燦爛笑容，那笑容相當職業化。

「媽媽把母侏儒殺掉了嗎？」

「不是媽媽去殺的，是媽媽叫別人去殺的，她做了太多壞事。」

「島深叔叔又做了什麼壞事呢？」

「跟母侏儒一樣，他們都是壞蛋。」

「爸爸跟哥哥會死掉嗎？」

「應該會，不過只要阿樂活下來就好了……」她又把盛好滿滿一盤的碎牛肉遞給我。

「阿樂要記得，你永遠是貴族。」

我對母親跟舅舅乖順地點點頭，然後回到電視機前繼續收看直播新聞後的座談式政論節目。

電腦合成特效在主持人胸前弄了一排「獨裁領導流亡北區，民眾滿意了嗎？」的斗大標題，那標題文字還會依一定頻率變色旋轉甚至放大縮小，節目品質看來既低劣簡陋又粗糙不堪，但是播打電話進節目現場抒發感想的民眾卻是出乎我意料地絡繹不絕。

世代居住南區的大嬸語氣激動地說到：

「流放北區有個屁用？道歉有個屁用？我們被迫害的老百姓已經死了多少人？好……就算他們全家都被處死又能怎樣？」

在東區從事海水魚養殖業的阿姨也落淚控訴：

「他要我們活活餓死嗎？我們早就連米麵都買不起了……新政府一定要救救我們小老百姓啊！」

還有老人帶著濃濃南方腔調分享自己解析出的陰謀論：

「我認識在中央情報局工作的人，他們都知道前政府其實是假貪汙眞投共！數千億款項早就已經被洗到西區共產黨主席手裡了，然後共產黨又在幕後協助他們假流亡眞逃亡……其實他們在到達北方極地之前就已經……」

這老先生的言論才發表一半就被主持人從中切斷了。

僅僅七歲的我還是搞不太清楚爲何自己會跟一切事件都毫無關聯？但若眞要去對母親提出質疑也不知道該從哪裡問起，所以只好繼續咀嚼著多汁濃郁的番茄碎牛肉，拿起電視遙控器按轉到播放圍棋賽事的冷門頻道。

父親走進車廂前是對鏡頭深深一鞠躬了沒有錯，但是我直覺他並沒有任何要道歉的意思。

*

新曆三年一月七日，這個冬天冷得很徹底，九歲的我開始體會到何謂被群眾排擠的羞恥感受。

通常狀況下島深弟只跟我玩在一起，他畢竟無法像他哥哥一般和無知學童侃侃而談自己的貪婪父親。

「我們社會科老師今天上課說到：無論是資產階級、無產階級、革命的無產階級都認爲貴族是可笑至極的。」

「聽起來你們老師很信服共產這一套，要是我爸爸還執政就會把他抓去關了，可惜現在連民間組織黨派都是完全自由的……。」我佇立在教室前走廊如此回應他，當然，我們的對話內容確實不像平民小學生該談論的家常瑣事，此種獨立特異的用詞遣字使我深感自己高尚脫俗。

「阿樂，貴族這東西到底是怎麼決定的？」

「用血脈決定的，你爸爸是貴族你就是貴族、兒女也是貴族，但是女兒嫁給平民就會失去貴族身分。古時候身爲貴族的人數很少，但是因爲他們很有錢、娶很多老婆、生很多兒子，所以人數就越來越多了。」

「阿樂是貴族，那我跟哥哥是貴族嗎？」

「不是。」

「最近電視政論節目天天都可以看到我爸爸出來講話，來電民眾好像蠻不給他面子的。」島深弟的語氣聽起來很失落。

放學前我獨自呆坐在教室正中央的淺色木桌椅上，所有同班同學集合於我外圍形成一個祭祀般的大圈圈，他們邊嬉笑邊旋轉，還把手中的鉛筆、橡皮擦等等消耗性文具都奮力丟投到我身體上。

當下我真的完全沒有意識到痛苦兩個字；因爲只要舉起雙臂抱住頭顱幾乎就毫無感覺了，這個動作甚至把耳朵都順便給摀起來了。

「阿樂的爸爸是豬頭！」

「阿樂的爸爸是小狗！」

「阿樂的爸爸是壞蛋！」

單憑小學三年級學童的腦智商也只能建構出如此溫和可愛的辱罵詞句，直到其中一名男同學意外弄傷我之前眞的一點都不痛，我眞的一點都沒有感受到痛楚或羞恥。

「阿樂的爸爸是傻蛋！」罵我父親是傻蛋的男同學奮力丟出一把美工刀，銀色刀刃在空中旋轉了好幾圈才劃破我的右手肘而噴濺出紅紅的鮮血。小朋友們一看見紅紅的鮮血便嚇得四竄驚叫，我這也才有機會空檔能提起書包安然走出教室。

就讀隔壁班級的島深弟老早就站在走廊盡頭等我了，人工夕陽斜射在側臉上使他的五官顯得更爲立體。

「阿樂被欺負了嗎？」

「應該不算是欺負。」我正準備脫下體育外套把它包裹於右手肘時仔細一瞧，才察覺那刀割傷口實在是淺得可以。

「你哥哥呢？」

「他自願留下來幫忙老師整理東西，所以我們兩個先去搭車……。」

中央車站內幾乎每逢轉角牆面都會架設數台電子掃描監視器，流浪漢們居然也毫不在意鼾聲連連地癱睡在鐵製長椅上。我跟島深弟紛紛拉長外套袖子以掩住口鼻，只因快步經過他們身旁時總會引起空氣對流而飄散出濃濃酸臭味。

「老師今天也叫我們出錢捐助貧民，他說能念這小學就代表有經濟能力幫助窮人。」

「你們老師好像快投共了。」

「他說近代貴族都是假惺惺地在號召窮人支持。」

「我從來沒看過我父母號召窮人支持。」

「不論他們怎麼做都會被說成是假惺惺。」

「原來我流著傻蛋的血液。」

四散翻倒的空烈酒瓶快速滾動至我皮鞋邊，島深弟只瞥了一眼就一腳把它給踹開。玻璃瓶撞擊鐵椅基柱雖發出極大聲響卻始終沒有破裂；我看見仰躺在椅子上蓬頭垢面的大叔流露出一股飢餓的眼神，這是我此生第一次發覺人居然能夠單單憑恃眼神來表達飢餓。

半小時後我獨自抵達舅舅家，母親於暖爐前溫柔地為我換上成套便服，還在右手肘貼上一片印有彩色卡通圖案的防水膠布。

「自己拎書包回來很累吧？媽媽明天開始派傭人去學校幫阿樂提書包回家。」

「嗯，今天班上同學都把文具往我身上丟。」

「是哪些同學呢？媽媽叫人去殺死他們。」

「他們是在欺負我嗎？」

「是啊……阿樂是爸爸最疼愛的兒子，那些無知忤逆你的人都該死。」她蹲坐地上並輕輕撫觸我的腳趾頭，這讓我感覺不太舒服。

「這世界是為了我存在的嗎？」

「當然是啊！」

「我討厭誰就可以要他死嗎？」

「當然可以，自古以來這都是王室貴族的權力。」

然後我在腦中盤旋了一遍所有傭人及保母、車伕的名單，才發現如果要鑽牛角尖的話任何人都應該死。

但如果眞把他們一概殺光趕跑，就必須非常費事地重新聘請三十幾名奴僕，所以直到最後我都沒有提出任何一個名字。

＊

爲了激起同情，這些貴族假惺惺地不再執著於自身的利益，而是單純爲了被剝削工人階級的利益，才向資產階級弔民伐罪。爲了報復，這些貴族便向他們的新統治者吟唱些帶有譏諷內容的詩文，以及在耳邊低語晦暗不祥的預言。

封建的社會主義就這樣產生了，其中半是哀怨，半是譏諷，半是過往的餘音，半是來日的恫嚇，有時這些辛辣、譏諷、尖酸的批判也尚能擊中資產階級的要害，但由於它完全無法理解現代歷史的進步，所以總是造成荒唐可笑的結果。

這些貴族爲了攏絡人們追隨，把無產階級的乞食袋當旗幟揮舞著，但當每回人們追隨他們時，總一眼就瞥見他們屁股蓋上的封建紋章，於是經過一場哄然大笑人就匆匆散光了。

（引自「共產黨宣言」）

*

北區輻射汙染嚴格來說不完全是在我父親任內造成的，早在兩百二十年前，政府就將覆蓋在冰天雪地中的死寂北區作爲中子彈公開試射場。由於中子彈頭並非是會引起長遠放射性汙染的殺傷武器；況且極地範圍內所有動、植物早在更久遠以前就因低溫病毒所造成的生化危機滅絕殆盡，國家當時又正處於開發中貧窮狀態，故經由聯合國審愼開會評定後，將我國北區邊境規劃爲世界皆可租借的微型輻射武器試爆場所。

「這是國恥，出賣自己的國土讓別人踐踏，這是國恥。」

據說我曾祖父剛接掌下執政權的第一年，就曾在某場公開演說時義憤塡膺地發表如此言論。

又過了僅僅二十年，我們國家成爲全世界政權最穩固強悍的自治主體。

我從不覺得把窮人、懶人及愚笨之人趕出行政精華區外的作法有任何錯誤可言。

曾祖父竭盡一生致力行使斯巴達式的體制，卻在臨終前被事不干己的社會、政治學家大聲喝斥，他們氣極敗壞地訴說這段昏君執政的歷史就等同於全人類的恥辱、人道主義淪喪的恥辱。一直輪替到我父親初掌權，這家族血脈堅韌的意志都從未向芸芸眾生屈服低頭。我父親依然實行著把流浪漢、貧戶、罪犯運送往北區極地集中居住的政策，當然此時北區早就不再供應其他國家作爲飛彈試射的演習場地，所以對新住民來說除了嚴寒造成的生活不便外，幾乎沒有任何值得抵制抱怨的差別待遇。他們狩獵、圈養少量牲畜、鑽研民俗手工藝品，他們僅能做的也只有這麼一點犯罪外的無聊事；生活在中央行政區的安逸知識分子卻爲他們打抱不平甚至發起暴動，媒體還將父親強扣上一項冷血暴君的罪名。

「北區有這麼多可利用的人力資源，荒廢了實在可惜，」長得像顆發芽馬鈴薯的島深議長在父親面前鞠躬作揖。「如果善加開發核能動力、多建造數個反應爐，不但可以增進國家繁榮，甚至連消耗性人員費用都節省下來了。」

國家當時其實並不再需要增加核電廠的數量，島深議長分明也只是爲了從中獲取自身利益而大膽提出建議，可恨的是父親居然信以爲眞，他眞的以爲國家經濟還需要再開發，他眞的以爲可以採納島深議長所構想的重大計畫。

施工簡陋的核電廠在試營運期間毀壞造成核能外洩，這重大消息被島深蓄意壓制下來。他假借父親之名將遺留在北區的數百顆中子彈頭緊急引爆以推咎爲軍方失誤，身爲三軍統帥的父親自然而然被人民撻伐拘捕。這百枚中子彈頭造成近萬人傷殘死亡，其中大部分更是足以證明核電廠曾因人爲疏失毀損外洩的重要員工。

「這是國恥，數代昏君交相貪瀆皆是出賣人民的國恥……。因果循環使得百年罪業合而爲一……無預警瞬間爆發，雖然基層人民逝去了寶貴的性命，但是這腐敗政權也終究在百姓的憤怒之聲下被迫終結……。我向全國同胞誠摯道歉，爲了我沒有成功阻止前任領導者犯錯而道歉……。」

新曆三年一月七日晚上，我盤腿呆坐在電視機前收看實況直播的座談式政論節目。

電腦合成特效在島深爸爸胸前弄了一排「前議長代君主親身謝罪，民眾滿意了嗎？」的斗大標題，而撥打電話進節目現場抒發感想的民眾情緒與其說是憤慨，倒不如形容為戲謔。

＊

新曆七年九月七日，中央車站公共廁所男廁內，我跟島深兄弟三人各自掏了十萬元現金付給一個專門替黑道及以外人士處理屍體的流氓。

那流氓穿著滑稽的淺色紙漿製圍裙，而他的腰間、胸口都沾有大塊未乾血跡。

「我已經把東西處理好了，錢也沒問題……所以……交易愉快。」

他的牛仔褲襠因藏了一把黑得發亮的五七制式手槍而凸起。

「請問一下，您有接過其他初中學生的案子嗎？」

「嗯……好像沒有，從來沒有過年紀這麼輕的人找我處理。」

「謝謝您，您可以走了。」

他約略審視著我們三人，然後撕下圍裙丟進馬桶就匆匆走出去。

當時剛放學的三人還穿著所屬私立中學的褐色西裝，看起來儼然就像不恭世事的紈褲子弟，也難怪那流氓依稀透露出某種感嘆世風日下的複雜情緒。

「他的胯下塞了一把五七手槍。」島深弟果然也發現了。

「我知道，好想看看。」

「叫你媽媽買一把不就好了？」

「其實我母親早就已經破產了，我舅舅也不知道。她沒有說，是我自己觀察到的。」

「阿樂爸爸留下的財產也都用光了嗎？」

「嗯，私房錢應該全都耗盡了，她一直想讓我覺得自己還是王公貴族所以揮霍著。」

連這棄屍用的十萬元現金她都不加詢問就遞到我手中了。

「我們會被警察抓走嗎？」島深哥開口問了一個很白癡的問題。

「你們父親、我舅舅都是賺骯髒錢的，你以爲他們沒辦法罩我們嗎？」

「原來皇權被推翻後社會底層還是這麼腐敗。」

「你少在那邊假清高，我爸爸執政時你是有吃過任何一點苦嗎？」

「坐牢也無所謂啊……我還蠻想去南區監獄看看的。」

此時面無表情、自言自語的島深弟卻早已超越我們而升格爲一名「殺人兇手」，這跳躍性的進步使他和雙胞胎哥哥之間出現極大的差異，生命價值上的差異。

「南區監獄幾乎天天都有人犯被虐致死，或是集體逃獄。」

「我們又還沒有成年，就算犯罪也只是會進入少年監獄，我家傭人說少年監獄的環境不錯。」

「對了……」島深哥從他外套口袋中掏出一張小小的黑白剪報。「阿樂，這是你家的傭人吧？七年前的命案偵破了，今天早報有刊登，篇幅簡直比錯字更正啓事還小。」

剪報上的大頭照是母侏儒沒錯，七年前她被母親及舅舅叫唆的職業殺手給推下月台，沒想到這麼久遠的案件至今還是有認眞工作的員警在追查。

「兇手是四十三歲的流浪漢？因爲長期失業心生歹念……偷走被害人錢包後就將她推下月台……企圖掩飾爲自殺案件？」

「阿樂……七年還沒過謀殺追溯期嗎？我們會不會在七年之後才被警方盯上？」

「兇手明明就是我母親……怎麼會變成流浪漢？」

「兇手是你媽？她爲什麼要殺掉自己的傭人？」

「大概是食罪人吧……阿樂的媽媽找了個食罪人來承擔，」島深弟又間接以沉穩的語氣打斷他哥哥慌張聒噪的問句。「遠古時候貴族會僱請快餓死的貧民來擔任食罪人，吃掉祭祀已故親人的供品象徵承擔罪孽，這流浪漢大概走投無路了……阿樂的媽媽應該有給他實質好處或談條件。」

「說得這麼複雜，不就是抵罪嗎？你從哪裡聽來食罪人這典故的？」

「《小巫師與飛天龍的奇幻歷險》。」

「什麼？」我和島深哥同時轉過頭、睜大雙眼直盯著一臉誠懇的島深弟。

「學校圖書館有，《小巫師與飛天龍的奇幻歷險》，內容說的是煉金術時代的一名小巫師周遊列國打擊邪惡科學家的冒險故事，我覺得很精彩，我從裡面學到很多東西。」

「島深弟，都已經上國中就別再看這種書了。」

「我也只看過這一本書。」

直至因靜默而突然回神，我們才發覺自己居然已待在臭氣沖天的男用公廁中長達半個小時。雖然隨處躺滿流浪漢的中央車站內沒有一個地方不是臭的，我還是不以為意地加快腳步獨自走往列車即將到站的第四月台。

「今天報紙有刊登母侏儒的案子被偵破了。」

「媽媽知道，媽媽也有看到報導。」母親還是一臉慈愛地端坐在家中那台大型投影電視機前。

「妳找人抵罪了嗎？」

「我沒有找流浪漢抵罪，應該是承辦案件的員警找他抵罪的。可能頂頭上司或母侏儒的家人一直施予壓力，警方就跟流浪漢談條件說：可以吃公家牢飯，還不用擔心餓死、凍死。」

「那失業中年人真可憐，他不知道進了南區監獄就等於被判死刑。」

「是啊……他一定沒有去中央六區的電器商場看電視新聞。」

我的母親長得很漂亮，艷麗中又帶有些許端莊優雅的氣質。她今年也僅只有三十二歲，大可以找個有錢男人改嫁，但她始終保持貞節單身直到新曆十年七月十四日才撒手人寰。

她說這世界上除我之外的所有人都是低俗的，都是卑劣低俗的平民百姓。

*

新曆二十一年十月二十日，我仰躺在某間醫院潔白純淨的病床上。

「你被我弟弟抬回來，只睡了不到一天……他居然知道該怎麼從南區地面走回來……。」

島深哥雙手扶著病床旁的安全鐵護欄，他眼瞼紅腫地就像是剛剛才大哭了一場。

「島深弟呢？……」

「他把你送醫之後就跑到聯邦銀行大樓打電話給我……他說他正要走出通地出入口，他要用最快速度回到地面……然後通話就切斷了。」

「是什麼時候發生的事？……」

「昨天晚上七點半。」

「那他應該是從一百四十一樓跳下去了。」

掛有早餐招牌的菜籃車靜靜斜靠在病房一隅，疲憊瘦弱的島深弟應該是利用它才得以把我抬回大樓內。

他曾說大廈告訴他有可能會死，他就眞的死了。我並不認爲他是蓄意自殺，他這麼一跳反而證明了自己已經超越被地面街道吞噬的無盡恐懼，也昇華了靈魂信念上的果決意義。

「我弟弟爲什麼沒有殺你？他爲什麼要捅你一刀卻沒有殺死你？」

「如果你恨我的話，現在就可以對我開槍，我沒有能力反擊。」

「我不殺人，而且我從來都不恨你。」

「現在是下午吧？我想去南區地面，你可以阻止我。」

「醫生說你肚子上的傷口有八公分深。」

「人類可以單憑意志力裸體站立在零下十幾度的寒風中，你又不是沒有見證過？八公分的傷口算什麼？」我邊嘮叨著邊動手拔除插進左腕的點滴針頭，像個執意逃出安寧病房的頑固老頭。

「第一棟坍塌的廢墟就在骨董商場大廈那邊，我們上次有經過……我弟弟說你會去。」

「你知道地點了……要去殺光所有地底人民了嗎？」

「我無所謂，」島深哥流下眼淚，他那娘娘腔的淚水就這麼滴落到我腹部傷口的繃帶上。「我不在乎理亂堂……就讓地面非法交易垮在我手裡吧……我不會傷害你的子民，我想知道讓我弟弟至死堅信的到底是什麼東西。」

「我要畫地圖，請扶我坐起來，給我紙、筆，我要畫地圖。」

島深哥先是發愣一下，然後擤了一把鼻涕就把活動式邊桌推到我的病床邊。我依然單憑自己的力量撐坐起身，腰部肌肉一但緊繃收縮就連動到下腹組織而使傷口綻裂刺痛。

八公分的話大概就連臟器都被刺穿了，我不知道我為何會被攻擊、也不知道我為何會被施救，天真無邪的島深弟又為了何種契因導致意識暴走？他說我是個卑鄙貪婪的救世主，這超越邏輯的矛盾肯定句一直迴盪在我腦海裡散之不去。

「你要畫出地面地圖拿去拷貝散發嗎？」

「這是我在結束生命前唯一能為子民做的事，他們被公諸於世後將會受到人權組織保護。」

「我總覺得……我這是親手遞給你紙、筆，讓你寫下宣判我死刑的判決書。」他遞給我一大張白紙和簽字筆。

「黑道還有別的方式可以賺錢，你們可以去北區交易或擴大經營酒店。老實說，你們理胤堂前任幫主曾私下拜託我一定要毀了黑道，但是我至今都不知道該怎麼做。」

「你這麼做不一定會毀了黑道，但是必定會毀了我建構以久的成就、人生地位，這才是你想要的吧？是吧？你一直把我當成牽扯進世代冤孽的假想敵；你認為我爸爸對你家族所造的罪業終將要由我來償還……」

我聽不太清楚島深哥在喋喋不休些什麼，這瞬間我只想把所有注意力集中在如何完整解構出這幅龐大複雜的地圖上。

「阿樂，其實你是我的親兄弟，這也是我一直愛著你、讓著你的原因……這也是爲什麼我長期以來都是以包容爲主體在跟你互動……」

此時，我已經描繪好整個中央區及南區地面街道的大略結構藍圖，接下來則必須把擁有通地出入口的建築物都特別標示出來，而這出入口是一直存在、還是大樓升降後才出現也要詳加寫明。

「你的父親沒有生育能力而不自知，所以你母親是借我父親的種才懷了你，統領元配的兩個兒子也都是靠別人的精子得來的。單論出生月份的話，你是我同父異母的親弟弟。」

三連行政大樓的南邊是郵政中心大廈、再往東就是東十一區。表面積最大的那棟漁業養殖大樓是位在東十三區發臭國宅的西南方，而發臭國宅的正東南方是南角大廈，南角大廈的獨立面積就有三棟聯邦行政大樓加起來那麼大。

「你是島深議長的兒子，這件事只有你母親、我爸爸、你家那個侏儒管家才知道。政權崩垮前夕，你母親帶著你的血液採樣及那侏儒管家主動向祕密偵查人員投案說明，人證、物證皆證實了你和大統領絲毫沒有血緣關係，你母親又是法定正式婚姻外的二房，也沒有姻親關係，所以你才能逃過一劫；沒有被新政府流放到北區極地……」

雖然說哈密瓜人將會出現的圈圈標的有好幾處，但是現今哈密瓜人應該也僅僅殘存不到兩、三人，所以除了我長年以來販賣早餐、擺攤維生的中央區標的外，也不再需要描繪出其他南區標的點的所在位置。中央區那標的有它必須保留下來的特殊意義，那裡可以供作世人朝拜立碑的根據點，所以我得仔細寫上如何才能簡易抵達之類的詳細文字敘述。

「你母親之所以把那侏儒管家殺掉也只是爲了隱藏你並非貴族的證據，她希望你永遠覺得自己是至高尊貴的皇族遺子，她很愛你。這些都是我爸爸親口說出來的，他被我弟弟用手槍抵著太陽穴時親口說出來的……。我們兄弟倆都不願意告訴你事實，因爲這事實對你來說絕對太過殘酷，命運不應該這樣對待你……先是把你捧得高高的，然後再重重摔下。」

我畫完了，雖然稍嫌簡陋，但終究只花十幾分鐘就畫完了。

「島深哥，你有認識什麼傳播媒體界的朋友嗎？」

「要我幫你做到這種程度嗎？」

「我們是一家人。」

島深哥又發愣了一下。

「阿樂……我從小就懷疑我們有血緣關係，因爲我們實在長得很像，個性也很相像。」

「你把我所不知道的事情都說出來比較好。」

「你母親年輕時曾是中央區酒店的第一紅牌……還有，我喜歡伊月，所以也曾因心生妒忌而仇恨你。」

「還有其他事情嗎？一直憋在心裡會很痛苦的。」

「我對你來說唯一的優點就是口風很緊。」

這次換我笑了一下，在這嗅得到淡淡消毒水味的整潔空間裡，我優雅地歪嘴微笑了一下。

「請借我一把槍。」

「下午三點半了，快出發吧……地圖你匿名傳眞給中央報社就好了。」

「我並不想破壞你的前途，但我是爲了證明自己才苟延殘喘地活到現在。」

「遺產呢？要怎麼處理？你沒有親人，不立遺囑的話財產會被充公。」

「幫我全數捐贈給幫助貧民的民間慈善單位。」

「爲了信念中的先祖贖罪嗎？好……我會幫你完成，用你父系家族的姓氏捐贈出去。」

「島深哥，謝謝，你對我很好。」

我把染血乾硬的西裝外套罩在藍綠色無塵手術衣上，島深哥隨即遞來一把黑得發亮的五七制式手槍。

從我由病床邊撐著鐵欄杆站起身子，一直到拖拉菜籃車步履蹣跚地走出醫院，這期間島深哥都沒有攙扶我、也沒有幫助我，他只是呆站著並用充滿愛意的眼神靜靜凝視我。

面色慘白的逃院病患隻身走過理亂堂幫會所、走過中央車站，最後抵達郵政中心大廈，這整身詭異裝扮沿途招惹來不少既詫異又略帶歧視意味的目光，卻始終沒有半個保全人員或民眾前來攀談調查。除了手電筒跟那把槍之外我什麼都沒攜帶，空空蕩蕩的菜籃車不斷在凹凸路面上發出撞擊聲響，「早餐」招牌的白底黑字就像是在彰顯自身存在感一樣地清晰斗大。

下地面之前，我利用僅有的二十元零錢買了一張郵票，並且把手繪地面地圖放入信封袋中投進快遞郵筒；雖然照理來說應該要再打個電話給報社解釋詳情才切實妥當，但我所有的財產也不過就只剩下那二十元整。

連撥打公共電話的錢都不夠了，更別說是去替毫無血緣關係的一家子業障贖罪。

＊

「祢要是眞神，就讓被燒焦的地底人民起死回生。」

眼前是那處殘骸堆積量高達二十層樓高度的廢墟，廢墟前就跪坐著那名僥倖生存下來的年輕哈密瓜人。

他告訴我昨日使者命令身強體壯的他將我抬回中央二區，而他卻在畢生初次到訪、光明炙熱的大樓領域內看見惡魔。

「使者告訴惡魔：『南區第一棟被炸毀的大廈底層，有兩千多隻盲鼠。』

惡魔回應使者：『會啃噬大廈地基、破壞升降系統結構的盲鼠嗎？幫內曾有小弟親眼見到盲鼠在地面吃屍體，感覺很噁心……他們就稍微處理了一下。』

使者又說：『是的，因為地面沒有任何其他生物，所以在地洞中繁衍了好幾代的民兵後世分辨不出什麼是人類、什麼又是盲鼠。』

惡魔卻說：『你為什麼要刻意告訴我這些？』

使者解釋著：『盲鼠希望能有人了結他們痛苦的生存；飽受黑暗及嚴寒的痛苦生存模式……勇者快死光了，再沒有人堅信他們超越表象中低等牲畜的存在價值了。』

惡魔又說：『我馬上派人帶火焰槍過去殲滅……。弟弟，你跟那些南區民兵後代真的能和盲鼠溝通對話嗎？』

使者回答：『有堅定不移的信念就可以。阿樂沒辦法，他的信念太膚淺。』

「惡魔還說：『阿樂會死嗎？』而使者回答他：『他將和他信念中的家族血脈一起消失。』隨後使者便帶領我回到地面再獨自離去，但當我回到地面沒多久……就有好幾名大廈人類帶著會噴發火焰的神器前來……將人民全都燒死了。」他幾乎是泣不成聲地說完這段冗長對話。

「火焰將整個深闇地洞都照亮了吧？」

「是的。」

「請帶我前往地底好嗎？」

哈密瓜人隨即趴下身子硬鑽進兩塊巨大石板之間的窄小縫隙，石板就像擀麵機一樣把他的肚腩贅肉壓得扁扁的，甚至將要榨出汁液。環顧四周灰黑高牆所構成的無盡街道更是一片寂靜，得完全集中注意力才能依稀聽見遠方氣流在各大樓直角間高速擦撞所造成的微弱風切聲。

鏽蝕扭曲的外露鋼筋在他白皙透薄的皮膚表面劃出一道道血痕。

我把手電筒咬在嘴裡，尾隨哈密瓜人身後徒手爬進空氣稀薄的地洞底層，直到最後抵達一個勉強能供人類站立的狹隘空間，這空間卻瀰漫著揮之不去的陣陣屍臭。

「祢要是真神，就讓被燒焦的地底人民起死回生。」

在手電筒的微光照射下，地洞中躺滿了成堆燒得焦黑的盲鼠屍體。

INK PUBLISHING Smart 12

吃人的街

作　　者　歐陽靖
總 編 輯　初安民
責任編輯　施淑清
美術編輯　黃昶憲
校　　對　施淑清　歐陽靖

發 行 人　張書銘
出　　版　INK 印刻文學生活雜誌出版有限公司
台北縣中和市中正路 800 號 13 樓之 3
電話：02-22281626
傳真：02-22281598
e-mail:ink.book@msa.hinet.net
網　　址　舒讀網 http://www.sudu.cc

法律顧問　漢廷法律事務所
劉大正律師
總 代 理　展智文化事業股份有限公司
電話：02-22533362・22535856
傳真：02-22518350
郵政劃撥　19000691 成陽出版股份有限公司
印　　刷　海王印刷事業股份有限公司

出版日期　2009 年 3 月　初版
ISBN　978-986-6631-66-5

定價　260 元

國家圖書館出版品預行編目資料

吃人的街／歐陽靖著：
--初版，--臺北縣中和市：INK 印刻文學，
2009.03　面；　公分（Smart；12）
ISBN 978-986-6631-66-5（平裝）

857.83　　98003441